岩 波 文 庫

31-236-1

八 木 重 吉 詩 集

若 松 英 輔 編

岩 波 書 店

目次

詩集 秋の瞳

詩集　貧しき信徒

詩稿

訳　詩

八木重吉詩集

詩集　秋の瞳

巻首に

八木重吉君は、私の遠い親戚になつてゐる。君の阿母さんは、私の祖父の姪だ。私は、祖父が、その一人の姪に就いて、或る愛情を以て語つてゐた事を思ひ出す。彼女は文事を解する。然う云つて祖父はよろこんでゐた。

私は二十三の秋に上京した。上京前の一年間ばかり、私は、郷里の小学校に教鞭をとつてゐたが、君は、その頃、私の教へ子の一人だつた。――君は、腹立ちぽい、気短かな、そのくせ、ひどくなまけ者の若い教師としての私を記憶してくれるかも知れないが、私は、そのころの君の事をあまりよく覚えてゐない。唯、非常におとなしいやゝ憂鬱な少年だつたやうに思ふ。

小学校を卒業すると、君は、師範学校に入り、高等師範学校に入つた。私が、その後、君に会つたのは、高等師範の学生時代だつた。その時、私は、人生とは何ぞやといふ問題をひどくつきつめて考へてゐるやうな君を見た。彼もまた、この悩み無くしては生きあたはぬ人であつたか？　さう思つて私は嘆息した。が、その時は私はまだ、君の志向が文学にあらうとは思はなかつた。

君が、その任地なる摂津の御影から、一束の詩稿を送つて来たのは去年の春だつた。君が詩をつくつたと聞くさへ意外だつた。しかも、その詩が、立派に一つの境地を持つてゐるのを見ると、私は驚き且つ喜ばずにはゐられなかつた。

私は、詩に就いては、門外漢に過ぎない。君の詩の評価は、此の詩集によつて、広く世に問ふ可きであつて、私がこゝで兎角の言葉を費す必要はないのであるが、君の詩が、いかに純真で清澄で、しかも、いかに深い人格的なものをその背景にもつてゐるか？　これは私の、ひいき眼ばかりではなからうと思ふ。

大正十四年六月

加藤武雄

序

私は、友が無くては、耐へられぬのです。しかし、私には、ありません。この貧しい詩を、これを、読んでくださる方の胸へ捧げます。そして、私を、あなたの友にしてください。

息を　殺せ

息を　ころせ
いきを　ころせ
あかんぼが　空を　みる
ああ　空を　みる

白い枝

白い　枝
ほそく　痛い　枝

わたしのこころに
白い　えだ

哀しみの　火矢

はつあきの　よるを　つらぬく
かなしみの　火矢《ひや》こそするどく
わづかに　銀色にひらめいてつんざいてゆく
それにいくらのせようと　あせつたとて
この　わたしのおもたいこころだもの
ああ　どうして
そんな　うれしいことが　できるだらうか

朗《ほが》らかな　日

いづくにか
ものの
落つる　ごとし
音も　なく
しきりにも　おつらし

フエアリの　国

夕ぐれ
夏のしげみを　ゆくひとこそ
しづかなる　しげみの

はるかなる奥に　フヱアリの　国をかんずる

おほぞらの　こころ

わたしよ　わたしよ
白鳥となり
らんらんと　透きとほつて
おほぞらを　かけり
おほぞらの　うるわしいこころに　ながれよう

植木屋

あかるい　日だ

窓のそとをみよ　たかいところで
植木屋が　ひねもすはたらく

あつい　日だ
用もないのに
わたしのこころで
朝から　刈りつづけてゐるのは　いつたいたれだ

ふるさとの　山

ふるさとの山のなかに　うづくまつたとき
さやかにも　私の悔いは　もえました
あまりにうつくしい　それの　ほのほに
しばし　わたしは

こしかたの　あやまちを　讃むるようなきもちになつた

しづかな　画家

だれも　みてゐるな、
わたしは　ひとりぼつちで描くのだ、
これは　ひろい空　しづかな空、
わたしのハイ・ロマンスを　この空へ　描いてやらう

うつくしいもの

わたしみづからのなかでもいい
わたしの外の　せかいでも　いい

どこにか　「ほんとうに　美しいもの」は　ないのか
それが　敵であつても　かまわない
及びがたくても　よい
ただ　在るといふことが　分りさへすれば、
ああ、ひさしくも　これを追ふにつかれたこころ

一群の　ぶよ

いち群のぶよが　舞ふ　秋の落日
(ああ　わたしも　いけないんだ
他人《ひと》も　いけないんだ)
まやまやまやと　ぶよが　くるめく
(吐息ばかりして　くらすわたしなら
死んぢまつたほうが　いいのかしら)

鉛と　ちようちよ

鉛《なまり》のなかを
ちようちよが　とんでゆく

花になりたい

えんぜるになりたい
花になりたい

無雑作な　雲

無雑作な　くも、
あのくものあたりへ　死にたい

大和行

大和《やまと》の国の水は　こころのようにながれ
はるばると　紀伊とのさかひの山山のつらなり、
ああ　黄金《きん》のほそいいとにひかつて
秋のこころが　ふりそそぎます
さとうきびの一片をかじる

きたない子が　築地《ついぢ》からひよつくりとびだすのもうつくしい、
このちさく赤い花も　うれしく
しんみりと　むねへしみてゆきます

けふはからりと　天気もいいんだし
わけもなく　わたしは童話の世界をゆく、
日は　うららうららと　わづかに白い雲が　わき
みかん畑には　少年の日の夢が　ねむる

皇陵や、また　みささぎのうへの　しづかな雲や
追憶は　はてしなく　うつくしくうまれ、
志幾《しき》の宮の　舞殿《まひでん》にゆかをならして　そでをふる
白衣《びやくえ》の　神女《みこ》は　くちびるが　紅《あか》い

咲く心

うれしきは
こころ　咲きいづる日なり
秋、山にむかひて　うれひあれば
わがこころ　花と咲くなり

剣《つるぎ》を持つ者

つるぎを　もつものが　ゐる、
とつぜん、わたしは　わたしのまわりに
そのものを　するどく　感ずる

つるぎは　しづかであり
つるぎを　もつ人は　しづかである
すべて　ほのほのごとく　しづかである

やるか⁉
なんどき　斬りこんでくるかわからぬのだ

壺のような日

壺《つぼ》のような日　こんな日
宇宙の　こころは
彫《きざ》みたい！といふ　衝動にもだへたであらう
こんな　日
「かすかに　ほそい声」の主《ぬし》は

光を　暗を　そして　また
きざみぬしみづからに似た　こころを
しづかに　つよく　きざんだにちがひあるまい、
けふは　また　なんといふ
壺のような　日なんだらう

つかれたる　心

あかき　霜月の葉を
窓よりみる日　旅を　おもふ
かくのごときは　じつに心おごれるに似たれど
まことは
こころ　あまりにも　つかれたるゆえなり

かなしみ

このかなしみを
ひとつに　統《す》ぶる　力《ちから》はないか

美しい　夢

やぶれたこの　窓から
ゆふぐれ　街なみいろづいた　木をみたよる
ひさしぶりに　美しい夢をみた

心よ

ほのかにも　いろづいてゆく　こころ
われながら　あいらしいこころよ
ながれ　ゆくものよ
さあ　それならば　ゆくがいい
「役立たぬもの」にあくがれて　はてしなく
まぼろしを　追ふて　かぎりなく
こころときめいて　かけりゆけよ

死と珠

死　と　珠《たま》　と

また　おもふべき　今日が　きた

ひびく　たましい

ことさら
かつぜんとして　秋がゆふぐれをひろげるころ
たましいは　街を　ひたはしりにはしりぬいて
西へ　西へと　うちひびいてゆく

空を　指《さ》す　梢《こずゑ》

そらを　指す
木は　かなし

そが　ほそき
こずゑの　傷《いた》さ

赤ん坊が　わらふ

赤んぼが　わらふ
あかんぼが　わらふ
わたしだつて　わらふ
あかんぼが　わらふ

花と咲け

鳴く　虫よ、花　と　咲　け
地　に　おつる
この　秋陽《あきび》、花　と　咲　け、
ああ　さやかにも
この　こころ、咲けよ　花と　咲けよ

甕

甕《かめ》　を　いつくしみたい
この日　ああ
甕よ、こころのしづけさにうかぶ　その甕

なんにもない
おまへの　うつろよ
甕よ、わたしの　むねは
『甕よ！』と　おまへを　よびながら
あやしくも　ふるへる

心よ

こころよ
では　いつておいで
しかし

また　もどつておいでね

やつぱり
ここが　いいのだに

こころよ
では　行つておいで

玉

わたしは
玉《たま》に　ならうかしら

わたしには

何《なん》にも　玉にすることはできまいゆえ

こころの　海づら

照らされし　こころの　海《うな》づら
しづみゆくは　なにの　夕陽
しらみゆく　ああ　その　帆かげ
日は　うすれゆけど
明けてゆく　白き　ふなうた

貫《つら》ぬく　光

はじめに　ひかりがありました
ひかりは　哀しかつたのです

ひかりは
ありと　あらゆるものを
つらぬいて　ながれました
あらゆるものに　息《いき》を　あたへました
にんげんのこころも
ひかりのなかに　うまれました
いつまでも　いつまでも
かなしかれと　祝福《いわわ》れながら

秋の　かなしみ

わがこころ
そこの　そこより
わらひたき
あきの　かなしみ

あきくれば
かなしみの
みなも　おかしく
かくも　なやまし

みみと　めと
はなと　くち

いちめんに
くすぐる　あきのかなしみ

泪

泪《なみだ》、泪《なみだ》
ちららしい
なみだの　出あひがしらに
もの　寂びた
哄《わらひ》　が
ふつと　なみだを　さらつていつたぞ

石くれ

石くれを　ひろつて
と視、こう視
哭《な》くばかり
ひとつの　いしくれを　みつめてありし

ややありて
こころ　躍《おど》れり

されど
やがて　こころ　おどらずなれり

竜舌蘭

りゆうぜつらん　の
あをじろき　はだえに　湧く
きわまりも　あらぬ
みづ色の　寂びの　ひびき

かなしみの　ほのほのごとく
さぶしさのほのほの　ごとく
りゆうぜつらんの　しづけさは
豁然《かつぜん》たる　大空を　仰《あふ》ぎたちたり

矜恃ある　風景

矜恃ある　風景
いつしらず
わが　こころに　住む
浪《らう》、浪、浪　として　しづかなり

静寂は怒る

静　寂　は　怒　る、
みよ、蒼穹の　怒《いきどほ》りを

悩ましき　外景

すとうぶを　みつめてあれば
すとうぶをたたき切つてみたくなる
ぐわらぐわらとたぎる
この　すとうぶの　怪！　寂！

ほそい　がらす

ほそい
がらすが
ぴいん　と

われました

葉

葉よ、
しんしん　と
冬日がむしばんでゆく、
おまへも
葉と　現ずるまでは
いらいらと　さぶしかつたらうな

葉よ、
葉と　現じたる
この日　おまへの　崇厳

でも、葉よ
いままでは　さぶしかつたらうな

彫られた　空

彫られた　空の　しづけさ
無辺際の　ちからづよい　その木地に
ひたり！　と　あてられたる
さやかにも　一刀の跡

しづけさ

ある日
もえさかる　ほのほに　みいでし
きわまりも　あらぬ　しづけさ

ある日
憎しみ　もだえ
なげきと　かなしみの　おもわにみいでし
水の　それのごとき　静けさ

夾竹桃

おほぞらのもとに　死ぬる
はつ夏の　こころ　ああ　ただひとり
きようちくとうの　くれなゐが

はつなつのこころに　しみてゆく

おもひで

おもひでは　琥珀《オパール》の
ましづかに　きれいなゆめ
さんらんとふる　嗟嘆《さたん》でさへ
金色《きん》の　葉の　おごそかに
ああ、こころ　うれしい　煉獄の　かげ

人の子は　たゆたひながら
うらぶれながら
もだゆる日　もだゆるについで
きわまりしらぬ　ケーオスのしじまへ

廓寥と　彫られて　燃え
焔々と　たちのぼる　したしい風景

哀しみの海

哀しみの
うなばら　かけり
わが玉　われは
うみに　なげたり

浪よ
わが玉　かへさじとや

雲

くものある日
くもは　かなしい
くもの　ない日
そらは　さびしい

或る日の　こころ

ある日の　こころ
山となり

ある日の　こころ
空となり
ある日の　こころ
わたしと　なりて　さぶし

幼い日

おさない日は
水が　もの云ふ日
木が　そだてば
そだつひびきが　きこゆる日

痴寂な手

痴寂《ちせき》な手　その手だ、
こころを　むしばみ　眸《め》を　むしばみ
山を　むしばみ　木と草を　むしばむ

痴寂な手　石くれを　むしばみ
飯を　むしばみ　かつをぶしを　むしばみ
ああ、ねずみの　糞《ふん》さへ　むしばんでゆく

わたしを、小《ち》さい　妻を
しづかなる空を　白い雲を
痴寂な手　おまへは　むさぼり　むしばむ

おお、おろかしい　寂寥の手
おまへは、まあ
じぶんの手をさへ　喰つて　しまふのかえ

くちばしの黄な　黒い鳥

くちばしの　黄いろい
まつ黒い　鳥であつたつけ
ねちねち　うすら白い　どぶのうへに
籠《かご》のなかで　ぎやうつ！　とないてゐたつけ、
なにかしら　ほそいほそいものが
ピンと　すすり哭《な》いてゐるような
そんな　真昼で　あつたつけ

何故に　色があるのか

なぜに　色があるのだらうか
むかし、混沌は　さぶし　かつた
虚無は　飢えてきたのだ

ある日、虚無の胸のかげの　一抹《いちまつ》が
すうつと　蠱　惑《アムブロウジアル》　の　翡翠に　ながれた
やがて、ねぐるしい　ある夜の　盗汗《ねぁせ》が
四月の雨にあらわれて　青《ブルウ》に　ながれた

白き響

さく、と　食へば
さく、と　くわるる　この　林檎の　白き肉
なにゆえの　このあわただしさぞ
そそくさとくひければ
わが　鼻先きに　ぬれし汁《つゆ》

ああ、りんごの　白きにくにただよふ
まさびしく　白きひびき

丘 を よぢる

丘を　よぢ　丘に　たてば
こころ　わづかに　なぐさむに似る
さりながら
丘にたちて　ただひとり
水をうらやみ　空をうらやみ
大木《たいぼく》を　うらやみて　おりてきたれる

おもたい　かなしみ

おもたい　かなしみが　さえわたるとき

さやかにも　かなしみは　ちから
みよ、かなしみの　つらぬくちから
かなしみは　よろこびを
怒り、なげきをも　つらぬいて　もえさかる

かなしみこそ
すみわたりたる　すだまとも　生くるか

胡蝶

へんぽんと　ひるがへり　かけり
胡蝶は　そらに　まひのぼる
ゆくてさだめし　ゆえならず

ゆくて　かがやく　ゆえならず
ただひたすらに　かけりゆく
ああ　ましろき　胡蝶
みずや　みずや　ああ　かけりゆく
ゆくてもしらず　とももあらず
ひとすぢに　ひとすぢに
あくがれの　ほそくふるふ　銀糸をあへぐ

おほぞらの　水

おほぞらを　水　ながれたり
みづのこころに　うかびしは
かぢもなき　銀の　小舟《おぶね》、ああ
ながれゆく　みづの　さやけさ

うかびたる　ふねのしづけさ

そらの　はるけさ

こころ
そらの　はるけさを　かけりゆけば
豁然と　ものありて　湧くにも　似たり
ああ　こころは　かきわけのぼる
しづけき　くりすたらいんの　高原

霧が　ふる

霧が　ふる

きりが　ふる
あさが　しづもる
きりがふる

空が　凝視てゐる

空が　凝視《み》てゐる
ああ　おほぞらが　わたしを　みつめてゐる
おそろしく　むねおどるかなしい　瞳
ひとみ！　ひとみ！
ひろやかな　ひとみ、ふかぶかと
かぎりない　ひとみのうなばら
ああ、その　つよさ
まさびしさ　さやけさ

こころ　暗き日

やまぶきの　花
つばきのはな
こころくらきけふ　しきりにみたし
やまぶきのはな
つばきのはな

蒼白い　きりぎし

蒼白い　きりぎしをゆく

その　きりぎしの　あやうさは
ひとの子の　あやうさに似る、
まぼろしは　暴風《はやて》めく
黄に　病みて　むしばまれゆく　薫香

悩ましい　まあぶるの　しづけさ
たひらかな　そのしづけさの　おもわに
あまりにもつよく　うつりてなげく
悔恨の　白い　おもひで

みよ、悔いを　むしばむ
その　悔いのおぞましさ
聖栄のひろやかさよ
おお　人の子よ
おまへは　それを　はぢらうのか

夜の薔薇

ああ
はるか
よるの
薔薇《そうび》

わが児

わが児《こ》と
すなを　もり
砂を　くづし

浜に　あそぶ
つかれたれど
かなし　けれど
うれひなき　はつあきのひるさがり

つばねの　穂

ふるへるのか
そんなに　白つぽく、さ

これは
つばねの　ほうけた　穂
ほうけた　穂なのかい

わたしぢや　なかつたのか、え

人を　殺さば

ぐさり！　と
やつて　みたし
人を　ころさば
こころよからん

水に　嘆く

みづに　なげく　ゆふべ

なみも
すすり　哭く、あわれ　そが
ながき　髪
砂に　まつわる

わが　ひくく　うたへば
しづむ　陽
いたいたしく　ながる
手　ふれなば
血　ながれん

きみ　むねを　やむ
きみが　唇《くち》
いとど　哀しからん
きみが　まみ

うちふるわん

みなと、ふえ　とほ鳴れば
かなしき　港
茅渟《ちぬ》の　みづ
とも　なりて、あれ
とぶは　なぞ、
魚か、さあれ
しづけき　うみ

わが　もだせば
みづ　満々と　みちく
あまりに
さぶし

蝕む　祈り

うちけぶる
おもひでの　瓔珞
悔いか　なげきか　うれひか
おお、きららしい
かなしみの　すだま

ぴらる　ぴらる
ゆうらめく　むねの　妖玉
さなり　さなり
死も　なぐさまぬ
らんらんと　むしばむ　いのり

哀しみの　秋

わが　哀しみの　秋に似たるは
みにくき　まなこ病む　四十女の
べつとりと　いやにながい　あご

昨夜みた夢、このじぶんに
『腹切れ』と
刀つきつけし　西郷隆盛の顔

猫の奴めが　よるのまに
わが　庭すみに　へどしてゆきし
白魚《しらうを》の　なまぬるき　銀のひかり

静かな　焰

各《ひと》つの　木に
各《ひと》つの　影

木　は
しづかな　ほのほ

石塊《いしくれ》と　語る

石くれと　かたる
わがこころ
かなしむべかり

むなしきと　かたる、
かくて　厭くなき
わが　こころ
しづかに　いかる

大木　を　たたく

ふがいなさに　ふがいなさに
大木《たいぼく》をたたくのだ、
なんにも　わかりやしない　ああ
このわたしの　いやに安物のぎやまんみたいな
『真理よ　出てこいよ
出てきてくれよ』

わたしは　木を　たたくのだ
わたしは　さびしいなあ

稲妻

くらい　よる、
ひとりで　稲妻をみた
そして　いそいで　ペンをとつた
わたしのうちにも
いなづまに似た　ひらめきがあるとおもつたので、
しかし　だめでした
わたしは　たまらなく
歯をくひしばつて　つつぷしてしまつた

しのだけ

この　しのだけ
ほそく　のびた
なぜ　ほそい
ほそいから　わたしのむねが　痛い

むなしさの　空

むなしさの　ふかいそらへ
ほがらかにうまれ　湧く　詩《ポエジイ》のこころ
旋律は　水のように　ながれ

あらゆるものがそこにをわる　ああ　しづけさ

こころの　船出

しづか　しづか　真珠の空
ああ　ましろき　こころのたび
うなそこをひとりゆけば
こころのいろは　かぎりなく
ただ　こころのいろにながれたり
ああしろく　ただしろく
はてしなく　ふなでをする
わが身を　おほふ　真珠の　そら

朝の　あやうさ

すずめが　とぶ
いちじるしい　あやうさ
はれわたりたる
この　あさの　あやうさ

あめの　日

しろい　きのこ
きいろい　きのこ

あめの日
しづかな日

追憶

山のうへには
はたけが　あつたつけ
はたけのすみに　うづくまつてみた
あの　空の　近かつたこと
おそろしかつたこと

草の実

実《み》！
ひとつぶの　あさがほの　実
さぶしいだらうな、実よ
あ　おまへは　わたしぢやなかつたのかえ

暗光

ちさい　童女が
ぬかるみばたで　くびをまわす
灰色の

午后の　暗光

止まつた　ウオツチ

止まつた　懐中時計《ウオツチ》、
ほそい　三つの　針、
白い　夜だのに
丸いかほの　おまへの　うつろ、
うごけ　うごけ
うごかぬ　おまへがこわい

鳩が飛ぶ

あき空を　はとが　とぶ、
それでよい
それで　いいのだ

草に　すわる

わたしの　まちがひだつた
わたしのまちがひだつた
こうして　草にすわれば　それがわかる

夜の　空の　くらげ

くらげ　くらげ

くものかかつた　思ひきつた　よるの月

虹

この虹をみる　わたしと　ちさい妻、
やすやすと　この虹を讃めうる
わたしら二人　けふのさひわひのおほいさ

秋

秋が　くると　いふのか
なにものとも　しれぬけれど
すこしづつ　そして　わづかにいろづいてゆく、

わたしのこころが
それよりも　もつとひろいもののなかへくづれて　ゆくのか

黎明

れいめいは　さんざめいて　ながれてゆく
やなぎのえだが　さらさらりと　なびくとき
あれほどおもたい　わたしの　こころでさへ
なんとはなしに　さらさらとながされてゆく

不思議をおもふ

たちまち　この雑草の庭に　ニンフが舞ひ

エンゼルの羽音が　きわめてしづかにながれたとて
七宝荘厳の天の蓮華が　咲きいでたとて
わたしのこころは　おどろかない、
倦み　つかれ　さまよへる　こころ
あへぎ　もとめ　もだえるこころ
ふしぎであらうとも　うつくしく咲きいづるなら
ひたすらに　わたしも　舞ひたい

あをい　水のかげ

たかい丘にのぼれば
内海《ないかい》の水のかげが　あをい
わたしのこころは　はてしなく　くづをれ
かなしくて　かなしくて　たえられない

人間

巨人が　生まれたならば
人間を　みいんな　植物にしてしまうにちがいない

皎々とのぼつてゆきたい

それが　ことによくすみわたつた日であるならば
そして君のこころが　あまりにもつよく
説きがたく　消しがたく　かなしさにうづく日なら
君は　この阪路《さかみち》をいつまでものぼりつめて
あの丘よりも　もつともつとたかく

皎々と　のぼつてゆきたいとは　おもわないか

キーツに　寄す

うつくしい　秋のゆふぐれ
恋人の　白い　横顔《プロフアイル》――キーツの　幻《まぼろし》

はらへたまつてゆく　かなしみ

かなしみは　しづかに　たまつてくる
しみじみと　そして　なみなみと
たまりたまつてくる　わたしの　かなしみは
ひそかに　だが　つよく　透きとほつて　ゆく

こうして　わたしは　痴人のごとく
さいげんもなく　かなしみを　たべてゐる
いづくへとても　ゆくところもないゆえ
のこりなく　かなしみは　はらへたまつてゆく

怒《いか》れる　相《すがた》

空が　怒つてゐる
木が　怒つてゐる
みよ！　微笑《ほほえみ》が　いかつてゐるではないか
寂寥、憂愁、哄笑、愛慾、
ひとつとして　怒つてをらぬものがあるか

ああ　風景よ、いかれる　すがたよ、
なにを　そんなに待ちくたびれてゐるのか
大地から生れいづる者を待つのか
雲に乗つてくる人を　ぎよう望して止まないのか

かすかな　像

山へゆけない日　よく晴れた日
むねに　わく
かすかな　像《イメエジ》

秋の日の　こころ

花が　咲いた
秋の日の
こころのなかに　花がさいた

白い　雲

秋の　いちじるしさは
空の　碧《みどり》を　つんざいて　横にながれた白い雲だ
なにを　かたつてゐるのか
それはわからないが、
りんりんと　かなしい　しづかな雲だ

白い　路

白い　路
まつすぐな　杉
わたしが　のぼる、
いつまでも　のぼりたいなあ

感傷

赤い　松の幹は　感傷

沼　と　風

おもたい
沼ですよ
しづかな
かぜ　ですよ

毛虫　を　うづめる

まひる
けむし　を　土にうづめる

春 も 晩 く

春も　おそく
どこともないが
大空に　水が　わくのか

水が　ながれるのか
なんとはなく
まともにはみられぬ　こころだ

大空に　わくのは
おもたい水なのか

おもひ

かへるべきである　ともおもわれる

秋の　壁

白き
秋の　壁に
かれ枝もて
えがけば

かれ枝より
しづかなる

ひびき　ながるるなり

郷愁

このひごろ
あまりには
ひとを　憎まず
すきとほりゆく
郷愁
ひえびえと　ながる

ひとつの　ながれ

ひとつの
ながれ
あるごとし、
いづくにか　空にかかりてか
る、る、と
ながるらしき

宇宙の　良心

宇宙の良心―耶蘇

空と光

彫《きざ》まれたる
空よ
光よ

おもひなき　哀しさ

はるの日の
わづかに　わづかに霧《き》れるよくはれし野をあゆむ
ああ　おもひなき　かなしさよ

ゆくはるの　宵

このよひは　ゆくはるのよひ
かなしげな　はるのめがみは
くさぶえを　やさしい唇《くち》へ
しつかと　おさへ　うなだれてゐる

しづかなる　ながれ

せつに　せつに
ねがへども　けふ水を　みえねば
なぐさまぬ　こころおどりて
はるのそらに

しづかなる　ながれを　かんずる

ちいさい　ふくろ

これは　ちいさい　ふくろ
ねんねこ　おんぶのとき
せなかに　たらす　赤いふくろ
まつしろな　絹のひもがついてゐます
けさは
しなやかな　秋
ごらんなさい
机のうへに　金糸のぬいとりもはいつた　赤いふくろがおいてある

哭くな　児よ

なくな　児よ
哭くな　児よ
この　ちちをみよ
なきもせぬ
わらひも　せぬ　わ

怒り

かの日の　怒り
ひとりの　いきもののごとくあゆみきたる
ひかりある

くろき　珠のごとく　うしろよりせまつてくる

春

春は　かるく　たたずむ
さくらの　みだれさく　しづけさの　あたりに
十四の少女の
ちさい　おくれ毛の　あたりに
秋よりは　ひくい　はなやかな　そら
ああ　けふにして　春のかなしさを　あざやかにみる

柳も　かるく

やなぎも　かるく
春も　かるく
赤い　山車《だし》には　赤い児がついて
青い　山車には　青い児がついて
柳もかるく
はるもかるく
けふの　まつりは　花のようだ

詩集　貧しき信徒

序

八木重吉君は私の再従兄弟である。曽て郷里の小学校で私の教へ子であつた事もある。二三年前詩集「秋の瞳」を世に問ひ詩名を一部に知られてゐたが、昨年十月肺を病んで倒れた。行年三十。君の死の前、君から此の集の出版を嘱せられ、しかもいろ〳〵の故障の故にそれを果し得なかつた私は、今此の集を梓にのぼすに当り、感慨の云ふ可からざるものあるを覚ゆる。剣を墓木に掛けし古人の例《ためし》もあり、私は今、此書の成るを君が霊前に告げて、疎懶の罪を謝さうと思ふ。

君の詩が最近詩壇の一異彩たりしは識者の等しく知るところ、私は君が年少早く心を生死の大事に労し、まことに求道者の姿ありし事を思ひ起す。此の集の価値は、此の集それ自身が語るであらう。

昭和三年一月

市外砧村の草堂にて　加藤武雄

母の瞳

ゆふぐれ
瞳をひらけば
ふるさとの母うへもまた
とほくみひとみをひらきたまひて
かあゆきものよといひたまふここちするなり

お月見

月に照らされると
月のひかりに

こころがうたれて
芋の洗つたのや
すすきや豆腐をならべたくなる
お月見だお月見だとさわぎたくなる

花がふつてくると思ふ

花がふつてくると思ふ
花がふつてくるとおもふ
この　てのひらにうけとらうとおもふ

涙

つまらないから
あかるい陽のなかにたつてなみだを
ながしてゐた

秋

こころがたかぶつてくる
わたしが花のそばへいつて咲けといへば
花がひらくとおもわれてくる

光

ひかりとあそびたい

わらつたり
哭いたり
つきとばしあつたりしてあそびたい

母をおもふ

けしきが
あかるくなつてきた
母をつれて
てくてくあるきたくなつた
母はきつと
重吉よ重吉よといくどでもはなしかけるだらう

風が鳴る

とうもろこしに風が鳴る
死ねよと　鳴る
死ねよとなる
死んでゆかうとおもふ

こどもが病む

こどもが　せきをする
このせきを癒さうとおもふだけになる
じぶんの顔が
巨きな顔になつたような気がして

こどもの上に掩ひかぶさらうとする

ひびいてゆかう

おほぞらを
びんびんと　ひびいてゆかう

美しくすてる

菊の芽をとり
きくの芽をすてる
うつくしくすてる

美しくみる

わたしの
かたはらにたち
わたしをみる
美しくみる

路

路をみれば
こころ　おどる

かなかな

かなかなが　鳴く
こころは
むらがりおこり
やがて　すべられて
ひたすらに　幼く　澄む

山吹

山吹を　おもへば
水のごとし

ある日

こころ
うつくしき日は
やぶれたるを
やぶれたりとせど　かなしからず
妻を　よび
児をよびて
かたりたはむる

憎しみ

にくしみに

花さけば
こころ　おどらむ

夜

夜になると
からだも心もしづまつてくる
花のやうなものをみつめて無雑作に
すわつてゐる

日が沈む

日はあかるいなかへ沈んではゆくが

みてゐる私の胸をうつてしづんでゆく

果物

秋になると
果物はなにもかも忘れてしまつて
うつとりと実のつてゆくらしい

壁

秋だ
草はすつかり色づいた
壁のところへいつて

じぶんのきもちにききいつてゐたい

赤い寝衣

湯あがりの桃子は赤いねまきを着て
おしやべりしながら
ふとんのあたりを跳ねまわつてゐた
まつ赤なからだの上したへ手と足とがとびだして
くるつときりようのいい顔をのせ
ひよこひよこおどつてゐたが
もうしづかな障子のそばへねむつてゐる

奇蹟

癩病の男が
基督のところへ来て拝んでゐる
旦那
おめえ様が癒してやつてくれべいとせえ思やあ
わしの病気やすぐ癒りまさあ
旦那なほしておくんなせい
拝むから　旦那　癒してやつておくんなせい　旦那
基督は悲しいお顔をなさつた
そしてその男のからだへさはつて
よし　さあ潔くなれ
とお言ひになると
見てゐるまに癩病が癒つた

私

ながいこと病んでゐて
ふと非常に気持がよいので
人の見てないとこでふざけてみた

花

おとなしくして居ると
花花が咲くのねつて　桃子が云ふ

冬

木に眼が生つて人を見てゐる

不思議

こころが美くしくなると
そこいらが
明るく　かるげになつてくる
どんな不思議がうまれても
おどろかないとおもへてくる
はやく
不思議がうまれればいいなあとおもへてくる

人形

ねころんでゐたらば
うまのりになつてゐた桃子が
そつとせなかへ人形をのせていつてしまつた
うたをうたひながらあつちへいつてしまつた
そのささやかな人形のおもみがうれしくて
はらばひになつたまま
胸をふくらませてみたりつぼめたりしてゐた

美しくあるく

こどもが
せつせつ　せつせつ　とあるく
すこしきたならしくあるく
そのくせ
ときどきちらつとうつくしくなる

悲しみ

かなしみと
わたしと
足をからませて　たどたどとゆく

草をむしる

草をむしれば
あたりが　かるくなつてくる
わたしが
草をむしつてゐるだけになつてくる

童

ちいさい童が
むこうをむいてとんでゆく
たもとを両手でひろげて　かけてゆく
みてゐたらば

わくわくと　たまらなくなつてきた

雨の日

雨が　すきか
わたしはすきだ
うたを　うたわう

蟻

蟻のごとく
ふわふわふわ　とゆくべきか
おほいなる蟻はかるくゆく

大山とんぼ

大山とんぼを　知つてるか
くろくて　巨きくて　すごいようだ
けふ
昼　ひなか
くやしいことをきいたので
赤んぼを抱いてでたらば
大山とんぼが　路にうかんでた
みし　みし　とあつちへゆくので
わたしもぐんぐんくつついていつた

虫

虫が鳴いてる
いま　ないておかなければ
もう駄目だというふうに鳴いてる
しぜんと
涙をさそはれる

あさがほ

あさがほを　見
死をおもひ
はかなきことをおもひ

萩

萩がすきか
わたしはすきだ
持つて　遊ばうか

水瓜を喰わう

水瓜をくわう
水瓜のことをかんがへると
そこだけ明るく　光つたようにおもわれる
はやく　喰わう

こうぢん虫

ふと
とつて　投げた
こうぢんむしをみてゐたらば
そのせなかは青く
はかないきもちになつてしまつた

春

桃子
お父ちやんはね

早く快くなつてお前と遊びたいよ

春

雀をみてゐると
私は雀になりたくなつた

陽遊

さすがにもう春だ
気持も
とりとめの無いくらいゆるんできた
でも彼処にふるへながらたちのぼる

陽遊のような我慢しきれぬおもひもある

春

ほんとによく晴れた朝だ
桃子は窓をあけて首をだし
桃ちゃん　いい子　いい子うよ
桃ちゃん　いい子　いい子うよつて歌つてゐる

梅

梅を見にきたらば
まだ少ししか咲いてゐず

こまかい枝がうすうす光つてゐた

冬の夜

おおひどい風
もう子供等はねてゐる
私は吸入器を組み立ててくれる妻のほうをみながら
ほんとに早く快くなりたいと思つた

病気

からだが悪いので
自分のまわりが

ぐるつと薄くなつたようでたよりなく
桃子をそばへ呼んで話しをしてゐた

太陽

日をまともに見てゐるだけで
うれしいと思つてゐるときがある

石

ながい間からだが悪るく
うつむいて歩いてきたら
夕陽につつまれたひとつの小石がころがつてゐた

春

原へねころがり
なんにもない空を見てゐた

春

朝眼を醒まして
自分のからだの弱いこと
妻のこと子供達の行末のことをかんがへ
ぼろぼろ涙が出てとまらなかつた

春

黒い犬が
のつそり縁側のとこへ来て私を見てゐる

桜

綺麗な桜の花をみてゐると
そのひとすぢの気持ちにうたれる

神の道

自分が
この着物さへも脱いで
乞食のようになつて
神の道にしたがわなくてもよいのか
かんがへの末は必ずここへくる

冬

悲しく投げやりな気持でゐると
ものに驚かない
冬をうつくしいとだけおもつてゐる

冬日

冬の日はうすいけれど
明るく
涙も出なくなつてしまつた私をいたわつてくれる

森

日がひかりはじめたとき
森のなかをみてゐたらば
森の中に祭のやうに人をすひよせるものをかんじた

夕焼

あの夕焼のしたに
妻や桃子たちも待つてゐるだらうと
明るんだ道をたのしく帰つてきた

霜

地はうつくしい気持をはりきつて耐らへてゐた
その気持を草にも花にも吐けなかつた
とうとう肉をみせるようにはげしい霜をだした

冬

葉は赤くなり
うつくしさに耐へず落ちてしまつた
地はつめたくなり
霜をだして死ぬまいとしてゐる

日をゆびさしたい

うすら陽の空をみれば
日のところがあかるんでゐる
その日をゆびさしたくなる
心はむなしく日をゆびさしたくなる

雨

窓をあけて雨をみてゐると
なんにも要らないから
こうしておだやかなきもちでゐたいとおもふ

くろずんだ木

くろずんだ木をみあげると
むこうではわたしをみおろしてゐる
おまへはまた懐手してゐるのかといつてみおろしてゐる

障子

あかるい秋がやつてきた
しづかな障子のそばへすりよつて
おとなしい子供のように
じつとあたりのけはひをたのしんでゐたい

桐の木

桐の木がすきか
わたしはすきだ
桐の木んとこへいこうか

ひかる人

私をぬぐらせてしまひ
そこのとこへひかるような人をたたせたい

木

はつきりと
もう秋だなとおもふころは
色々なものが好きになつてくる
あかるい日なぞ
大きな木のそばへ行つてゐたいきがする

踊

冬になつて
こんな静かな日はめつたにない
桃子をつれて出たらば
櫟林のはづれで
子供はひとりでに踊りはじめた
両手をくくれた顎のあたりでまわしながら
毛糸の真紅の頭布をかぶつて首をかしげ
しきりにひよこんひよこんやつてゐる
ふくらんで着こんだ着物に染めてある
鳳凰の赤い模様があかるい
きつく死をみつめた私のこころは
桃子がおどるのを見てうれしかつた

お化け

冬は
夜になると
うつすらした気持になる
お化けでも出そうな気がしてくる

素朴な琴

この明るさのなかへ
ひとつの素朴な琴をおけば
秋の美くしさに耐へかね

琴はしづかに鳴りいだすだらう

響

秋はあかるくなりきつた
この明るさの奥に
しづかな響があるようにおもわれる

霧

霧がみなぎつてゐる
あさ日はあがつたらしい
つつましく心はたかぶつてくる

故郷

心のくらい日に
ふるさとは祭のようにあかるんでおもわれる

こども

丘があつて
はたけが　あつて
ほそい木が
ひよろひよろつと　まばらにはえてる
まるいような

春の　ひるすぎ
きたないこどもが
くりくりと
めだまをむいて　こつちをみてる

豚

この　豚だつて
かあいいよ
こんな　春だもの
いいけしきをすつて
むちゆうで　あるいてきたんだもの

犬

もぢやもぢやの　犬が
桃子の
うんこを　くつてしまつた

柿の葉

柿の葉は　うれしい
死んでもいいといつてるふうな
みづからを無みする
その　ようすがいい

涙

めを　つぶれば
あつい
なみだがでる

雲

あの　雲は　くも
あのまつばやしも　くも
あすこいらの
ひとびとも

雲であればいいなあ

お銭

さびしいから
お銭《あし》を　いぢくつてる

水や草は　いい方方である

はつ夏の
さむいひかげに田圃がある
そのまわりに
ちさい　ながれがある

草が　水のそばにはえてる
みいんな　いいかたがたばかりだ
わたしみたいなものは
顔がなくなるようなきがした

天

天《てん》といふのは
あたまのうへの
みえる　あれだ
神さまが
おいでなさるなら　あすこだ
ほかにはゐない

秋のひかり

ひかりがこぼれてくる
秋のひかりは地におちてひろがる
このひかりのなかで遊ぼう

月

月にてらされると
ひとりでに遊びたくなつてくる
そつと涙をながしたり
にこにこしたりしておどりたくなる

かなしみ

かなしみを乳房のようにまさぐり
かなしみをはなれたら死のうとしてゐる

ふるさとの川

ふるさとの川よ
ふるさとの川よ
よい音をたててながれてゐるだらう

ふるさとの山

ふるさとの山をむねにうつし
ゆうぐれをたのしむ

顔

どこかに
本当に気にいつた顔はないのか
その顔をすたすたつと通りぬければ
じつにいい世界があるような気がする

夕焼

いま日が落ちて
赤い雲がちらばつてゐる
桃子と往還のところでながいこと見てゐた

冬の夜

皆が遊ぶような気持でつきあへたら
そいつが一番たのしからうとおもへたのが気にいつて
火鉢の灰を均らしてみた

麗日

桃子
また外へ出て
赤い茨の実をとつて来ようか

冬

ながいこと考へこんで
きれいに諦めてしまつて外へ出たら
夕方ちかい樺色の空が
つめたくはりつめた
雲の間に見えてほんとにうれしかつた

冬の野

死ぬことばかり考へてゐるせいだらうか
枯れた茅のかげに
赤いようなものを見たとおもつた

病床無題

人を殺すような詩はないか

無題

息吹き返させる詩はないか

無題

ナーニ　死ぬものかと
児の髪の毛をなぜてやつた

無題

赤いシドメのそばへ

によろによろつと
青大将を考へてみな

梅

眼がさめたやうに
梅にも梅自身の気持がわかつて来て
そう思つてゐるうちに花が咲いたのだらう
そして
寒い朝霜がでるように
梅自からの気持がそのまま香にもなるのだらう

雨

雨は土をうるほしてゆく
雨といふもののそばにしやがんで
雨のすることをみてゐたい

木枯

風はひゆうひゆう吹いて来て
どこかで静まつてしまふ

無題

雪がふつてゐるとき
木の根元をみたら
面白い小人がふざけてゐるような気がする

無題

神様　あなたに会ひたくなつた

無題

夢の中の自分の顔と言ふものを始めて見た
発熱がいく日もつゞいた夜
私はキリストを念じてねむつた
一つの顔があらわれた
それはもちろん
現在私の顔でもなく
幼ない時の自分の顔でもなく
いつも心にゑがいてゐる
最も気高い天使の顔でもなかつた
それよりももつとすぐれた顔であつた
その顔が自分の顔であるといふことはおのづから分つた

顔のまわりは金色をおびた暗黒であつた
翌朝眼がさめたとき
別段熱は下つてゐなかつた
しかし不思議に私の心は平らかだつた

詩稿

詩集　丘をよぢる白い路
大正十二年八月二十四日

○

すべての季節は、秋を、つくり出さんがための過程《プロセス》とも、みえる。わたくしの、あらゆる、努力は、心の秋に、味到せんための、くるしみともみえる。すべては、無《ナッシング》なのか、それならば、その無《ナッシング》の中へ、私の詩を、生み輝かそう。死のケーオスのただ中へ、わたしの詩を、さやかにも、盛《も》り上らせてやらう。

私は、詩に於ける、友が無い。なんとも云へず、さびしい。ただ、キーツこそ、友である。私には、百年の時《タイム》は、感じられない。彼れは、一日として、私に語るのを、止めたことはない。

ああ、私のゆく、この一筋の路の、しらじらと、いかに、廓寥としてゐることだらう。しかし、ゆくのだ、ゆくのだ。恋人のごとく、わたしは、喘ぎ乍らも、まっしぐらに、ゆく。

山

おっ母《か》さん、
わたしは、きましたの、よ、
遠い　くにから　かへって　きましたの、よ、
遠いくには　ゐづらい　ところでした、
仲間はづれにさせられたり、
こづきまわされたり　いぢめられたりしたんでした、
わたしは　いらいらしてしまったのです、
つかれはてて　しまったのです、
おっ母《か》さん、
わたしは　かへって　きたんですの、よ、
おっ母《か》さんは　やさしい方《かた》、

そうよ　そうよ、どうしたって　そうよ、
あなたは　ひとつのま明《あか》るい　瞳《ひとみ》なの、よ、
知ってます、知ってます、
おっ母《か》さんは　胸よ、そしてね、
その　胸はね　『重吉よ、
よくきたね！』って、すぐ　抱いてくださるのよ、
そしてね、そしてね、
しっかり　抱いてくだすったまんまで、ね、
「本当の国」へ　つれていってくださるのよ、
そうよ、その「本当の国」ってのは、ね、
七つの時の　夢が生きてゐる国、よ、
十五の少年の　やまぶふきの照る花にも似た
感覚の　あざやかさが　もえる国よ、
ああ、ゆきませう、ゆきませう、
ね、おっ母《か》さん、ゆきませう、ね、

白い秋

なんといふ　白い秋だらう
さくさくと　林檎の初味みたいな　空気もかるい
この　露草！　うれしくなくて　どうしよう！
この　たくさんの花の色にやどった　空のこころ！

白い　萩！　白い　葦！
きいんと　空のはてから　斜《ななめ》にはりながされた
秋の　こころの　なんて　白いこと！

詩集　鳩がとぶ
大正十二年九月二十八日

○

それにしては　りっぱすぎる――
ある日の　疑わくが　はりつめてくると
人間は　赤ん坊を生み
赤ん坊の　下じきになって　腐ってゆく
これが　すなわち人生かと　おもわれてくる、
偶然が　偶然を　生み
盲目に支配さるる　盲目な　本能のかたまり！
だが――
それにしては　すこし　りっぱすぎる
人間も　自然も　ちっとばかりりっぱすぎる

○

かなしみはたかく　なりひびいてゆく、
銀色の　ちからづよい　波《なみ》とうまれて
しづかに　しづかに　さかまいて　ゆく、

○

秋《あき》　立つころとなれるゆえなりや
鏡《かがみ》に　うつる　わが顔
すこしくらけれども　はればれとかがやき
わが眸《ひとみ》　尊きまで　澄み　たたえたり

路ゆくかなた　わがみちのはてに
山たつが　今日　力《ちから》　あふる
わがこころ　いまは　かなしみと　ながれ
なんぞ　男々《をを》しき　わがかなしみなる！

○

ましづかに　力《ちから》づよい　雲！
なぜ　わたしを　みんな　吸ひ得るか⁉
わたしを　愛する、自然の　一《ひと》つの　呼吸《いき》！

○

花を　見れば　嬉しい、――わたしにも、
まだ　こんな能《ちから》が　のこされて　あった！
花をさやかにみる　まれなこのこころ、
筆数も　ごくわづかに、
虚《むな》しさ――即《すなわ》ち　あらゆる存在――のカンヴァスのうへへ
さっ！　としづかにも描かれた　わたしと　この花！

○

虹《にじ》は　とほく　しづかで　あります、
なんともいへず　うれしい　こころは

かるがると　空《そら》へかけてゆきたがるのです！
わたしだって　こんなばあひですもの
すこしもかまわずに　ゆかせてやります、
まあ！　いっしようけんめいです！
なんでせう!?　あの　かがやかしい　眸《ひとみ》！
わたしのこころの　ひとみも　虹の　ひとみも、
ふるへてゐますよ！　ふるへてゐますよ！
わたしは　ゆかせて　よいことをした、

○

何が　残されてあるのか!?
ナザレ人のあとに　何の　あたらしい　教へが!?
キーツのあとに　何の　あたらしい　詩が!?

このおもひこそ　あるときは　わたしのこころを
はかなくも　うちくだいてゆく、
だが
このおもひが　銀色のしづけさに　もえる日こそ、
わたくしの　さひわひは　ちからづよくひびいてゆく、

○

耳を　すませば　きこえてくる、
ふかい　こえの　しづけさが、
季節のこころから　ながれて　くる、

かなしみをもつ　孤《ひと》りなる　者の　胸にさへ、
その　かなしみこそ

おごそかなる　銀板《ぎんばん》となって　ひびいてくる、
それゆえにのみ
若者は　狂ひもせずに　なほ　あゆみつづけてゆく、

詩集　花が咲いた
大正十二年十月十八日

○

虚《むな》しさをつらぬき　実相《じつそう》をつらぬいて
ああ　おごそかに　うつくしくながれる、
わづらはしさをみいんななげすてて
ただひたすらに　この流れとともに　ながれたい、

○

これは　わたしの慢心なのだらうか⁉
でも――慢心としては　あまりにさぶしい慢心ではないか、
たれか来てくれまいかしら、たれでもいい、
キーツとバイブルを、気どらずに手にもって、
ひとみには　功名もなく　覇気もなく、
ただ　その　かなしさが　花となってかがやいてゐるひと――
わたしは　そのひとと　語りたい、
けれど　そんなひとはだれもきてくれない、
そんなひとはないのかしら――それは　わたしの慢心かしら⁉

詩集　大和行
大正十二年十一月六日

○

まっくらな座敷に　ふとゐることがある、
ふところ手して　かんがへる　そのことは
えらくなりたいといふ　慾望である、にがい慾望である、
だが——遂に　それは　途方もなく　大きく　なってしまふ、

『わたしといふものが　すきとほってしまって、
こうおもひたいとおもへば　ただちにそうおもへ、
まるで　花が咲く瞬間のようなこころが常住となれ！』
これが　わたしの　ねがひとなって来る、こころおどるねがひである、

詩集　我子病む

大正十二年十二月九日

（かなしみ）

このかなしみを
ひとつに　統《す》ぶる　力はないか、
ああ、だが
この　かなしみの　消ゆる時は　あるまい、
宇宙が　もえつくして
あたらしい　宇宙の芽が　もえいづるまでは、

（『秋の瞳』「かなしみ」初稿）

メシア

序

珠《たま》となり　ほのほとなり
いつまでも　いつも
わがたましひを　浄化せよ　メシア！
このうたは　よわき　男
泣く　泣くも　つづれる　しらべ、
この日　かなし、
わがみと　ひとを　怒りはてたる　この日
ああ　おぼつかなくも　主にゆく　われ、
メシアよ、
ゆきくれたれど　われなほも　ゆかん、
すぐれたる　たましひをもて
ちさきたましひを　ちからあらしめたまへ、

このこころ、花と　咲かし　たまへ、

一九二三・一一・一七夜

○

まことの詩人は　しづかにて死すべし
けがれなからんがためには
わが名を　むしろ水にかくとも
わが名を　ひとに　しるすべからず、
詩人は　短きを　悔ゆる　なかれ
うるわしきものは　すべて　みじかし、

○

まことの詩を　もとむるなら
その　言葉は　秋空のように平明であれ、
しかし　意味は　ほがらかに　塑像のごとく、
まことの詩人をもとむるなら
なによりもさきに　「詩のしようばい」をやむるがいい、

不死鳥
大正十三年一月一日

詩集　どるふいんの　うた
大正十三年一月二十日

○

かなしさが　ながれる日
わたしの詩《うた》は　うまれるのです、
さぶしさが　かがやく日、
わたしのこころは　高原を　ゆくのです、

○

なにもかも　捨てきれはしないのだから
わたしは　完《まつた》いものでは　ありません、
美しいもののすがたを　追ふにつかれてはをりますが

きりすとの道《ことば》にはとほいのですから
それはそれは　かなしいのです、

○

かみを　感ぜよ、
一日《ひとひ》の　苦労は
まこと　ひと日にて足る、
わが　生くるかぎりの　苦労は
生くる日の　苦労にてたる、
かみを　感ずるものは　恋人のごとく
こころ　ときめくがゆえに「名」をおもわず、

詩稿　幼き怒り
大正十三年四月七日編

宇宙のこころは　かんじてゐる、
いまの世はくちた世であると
そして、あたらしい芽がこの世から出ないなら
焙《や》きほろぼすにしくはないと、
偽善者やぬすびとだけがいけないのでもない、
純情の人といへどもかなしき不具者である、
ああ、さむげに
ひかるように　かんじてゐる宇宙のこころよ、

霊感は
こころの　花
悲哀《かなしさ》は
こころの　蒼空《そら》

○

詩人とは
かなしみのひと
詩《うた》こそは
かなしきよろこび

世にあらざるは
さひわひのうたびと

○

わたしの　ねがひは　ここにかかる、
雲をみるとき
わたしと雲との　あひだには　霊感だけをおきたい
草をみる日　花をみる日
わたしと　かれらとのあひだには　霊感だけをおきたい
そして、もっともつよいねがひは
人とたちむかった　そのとき
霊感のみをさしはさんでかたりたい、
ああ、これがねがひ、これがねがひ

ああ　これが　永遠にとげがたき　むなしきねがひ、

○

霊感はしづかなる野にばかりいきづいてゐる、
詩人よ、愚《お》ろかしいまよひにゆくな、
あなたはみづからであるそのほかには
朽《く》ち葉《は》ひとつをも　あなたにくわへることはできない、
いにしへアルカディヤのかみがみは
うごかぬ　深い山のみづうみにうつる白いくものように
ほがらかなうたをうたった、
詩人よ、あなたのむねのときめきをねむらせまいそのためには
もしも　あなたがつれない恋人をもたないなら、
そして、その恋人のあまりにもあかるいひとみのいろにもだえもだえて、

平明な「死」のよろこびを空のふかみにまざまざとみることもないのなら、
ああ、その日　きみは「悲しみ」の珠をしっかといだいて
森とやわらかい流れのある野にいでよ、野にいでよ、
おろかしい植物学者《ボタニスト》のようにはかなくも
詩《うた》のせつないこころを解剖《ふわけ》したがるひとびとをすつるがよい、
しづかなる空のひとみにまもらるる　野にゆけよ、
そして、あなたみづからのこころの野をそこにみいでなさい、

○

かなしみがひびきわたって
こころたかくかける日は
すべてをうごかし
すべてをかわらする

その力のかすかなるいぶきをかんずる、

○

幸福をみうしなふたひとよ、
うたへ、ひくいこゑで、
むかしのうた
少年の日のそのうたを、

あなたのこころが
くらければくらいだけ
そのふるいうたによびさまさるる
ねむったまゝにわすられてゐた
ほんとうの幸福は

やわらかく　かがやかしく
そしてしづかに咲くでせうよ

○

ほんとうに　次の世があるのなら
あらゆるものを　捨てませう
ほんとうに　この世きりであるのなら、
ああ、どうしよう、
わたしは　生きがひがわからない、

○

どうせ　死ぬるいのちでは　あるけれど、
どうせ　捨てきれぬ　我執のかたまりではあるけれど、
イヱス・キリストの　たたずめる　すがたよ
うつむきて　しづかにあゆみゆく　すがたよ
わがおもひのすべてに　すみたまへ、
大空に　雲あらざるも　ほがらかにてあれど
雲あらば　ただ白きひとつのくもよ　うかべ、

詩稿　柳もかるく
大正十三年四月十五日編

○

はるを　うたへ
はるを　ほめよ

ゆうぐれ
こころしづかならばキーツをひもとけ

ああ　かくて
あきのこころ　はるをながれん

○

まちぬいた芽がでた
庭にまいたたくさんの芽がでた、
キーツのうたをよみなさい
かれこそ　こころかがやき
天上のいぶきをきいた詩人であった、
くさの芽のごとくたかきうたであった、

○

草は　詩人
小鳥は　詩人
人間に詩人はすくない

○

ふるさとに　かへりゆけよ
しづかなる　みづのほとりにゆけよ

○

さくらの花にみいれ、おまへよ、
ここに　しづかなる情熱《こころ》が咲いてゐる、
ああ　はてしない路《みち》、
いつの日か　霊感を　霧のごとくすつて
なきつ、わらひつ、おさな児のごとく　わが子桃子のごとく
ほがらかにしづかなひととなりえようぞ、
このように　つかれたる日は
さくらの花があるならば
ものおもひせずと　はなをみつめよ、

○

天国には「名」はない
すべてのものは　ほがらかにかんずるのみなり
「名」こそ　いつわりの王《きんぐ》
かんずるときの讃歌のみが　まことの名

詩稿　逝春賦

大正十三年五月二十三日編

○

あぢきない
このはつなつ、
ではあるが

かるいくものようにうたがわくなら
こひがなくとも　あきらめよう

あちらこちらに
はなが　さく
わたしの　こころへもさけばよい
ふじの　はな
ばらの　はな
なもしらぬ　まっしろな　はな、
だが
きいんと　すんではりつめたる
こんな　きせつの　すぴりっとが　ないのなら
そのしづけさが　ないのなら
わたしのこころへ　はなはさくまい、

○

そらに　澄《す》みのぼる
秋の　怒り
かるいものゝなかへ　きえてゆく　春のいかり
ああ、しかし　ちさき　いきどほりの　やむときもなし

○

すべてをすてきれはしないのだから
かなしみのきゆる日はない
だが　けふははるであるゆえ
かるやかな野の心にひたってこよう

こま

独楽《こま》はかなし
まあり　まあり　まありと　まわる
みてゐるうちに
わたしまで　まわりたくなる

○

きりすとを　おもひたい
いっぽんの木のように　おもひたい

●詩●　鞠とぶりきの独楽

大正十三年六月十八日

ながれのようにおもひたい

○

森へはいりこむと
いまさらながら
ものといふものが
みいんな
そらをさし
そらをさしてるのにおどろいた

〔欠題詩群 ㈠〕
大正十三年十月編

○

久しぶりで弟から
やゝうちとけた手紙がきた、
わたしはうれしい、
なぜ少年の日はすぎてしまったのだ、
なぜ、十二のときはいってしまったのだ、
兄よ、姉よ、弟よ、妹よ、
わたしは双の手をひろげてゐる、
わたしにうちとけたひとみと
うちとけたこころをください
もちろん
わたしはあやまちにみちたものです、

しかししかし、
わたしのこころの底で
いちどだってみなさんのことを　あしかれとねごうたでせうか？
わたしは
みなさんの純情を信じ、
みなさんのたましいを信じました、
だのに、だのに、
ああ、少年の日はいってしまったのか
なぜ、十二のとしはいってしまったのか、
いまにしておもへば
わたしは天国をあゆんでをったのでした、
そしてその天国は
もう永久に逝ってしまったのでせうか？
いゝえわたしはそうはおもひません、
かへそうとおもへば

いつだつてかへつてくるのです、
わたしはそう信じます、
きずついた手と
きずついたこころとをよせて
ふたたびあたたかく抱き合わうではありませんか、
なんとなく冷いわたくしら、
なんとなくものたらぬことばづかひ、
きやうだいでさへこんなだつたら、
わたしらの永遠の理想、
万人相愛の日はいつくるでせう、
さあ、姉さん、兄さん、
妹よ、弟よ、
わたしは愚かです
わたしはあやまちにみちてゐます、
しかしわたしの手をとつてください

わたしはあなた方の手にうえてゐるのです、
まだ日はくれきったのではありません、
さあ、――ああ、まだ、夜ではありません、

○

これだけの
やまひに
かくまでも
しんけんなこころがわく、
主《しゅ》、山《やま》にいのりたまひしとき
ああ　いかばかり
主のいのりは神にまでうちひびきしことか

深みといふようなことは
そんなにえらいことではないんだ
寂《さ》びにすむといふことだつても
そんなにたいしたことぢやないのだ
人間《にんげん》の深みや
にんげんの寂び
それらは　ややともすれば
歯のうくような浅はかさの隣人である

きつそうにも
おもふてはみたが
やっぱりわたしはよわいんだから
虫のようにないてくらそう
おほきなせかいよ
かまわずめぐってゆけ
わたしはせつなくほそくうたうばかりだ
おそれのかたまり
なげきのかたまり
わたしはころげながらうたうばかりだ
わたしにできる成功もなければ
わたしのねごふ成功もないんだ
よわいくせに
余りにも世とへだたったことのみをねごうはかなさ
きのふけふのあらしのあとのよに

きゆうにはつあきのむしがほそくなく
ハッとおどろけば
あまりにもわがみににたる名もしらぬむし

○

よむ本は
おしまひなさい
かたく
本箱にかぎをかけなさい
そして　ただひとつ
あなたの　かなしみをおしいただき
ささげもちて
香華《こうげ》をたきて神の座におきなさい

○

ゆふぐれの
あき

かなしみを
いだきゆけば

われみづからが
あきのこころ

○

全《まった》きものよ
その砕片《かけら》でもいい
ほんとうに
まちがいのないものよ
たしかなる霊感よ
わたしをすきとほらせてくれ

○

よろこびにあつて
よろこびを主《あるじ》とし

かなしみにあって
かなしみをあるじとなしえたらば
いつもいつも
いのちはかゞやきなみうってをるだらうに
おさなきにあって哲《さと》りをしたひ
老ゆるにおよんで
若さならばあやまちすらも恋ふる
おぼつかない人間のねがひよ

○

ほがらかな空は
いたみある日
いたみをすっとふきとってくれる

よくきくこうやくのようにありがたい

〇

詩《うた》につきておもふなかれ
詩《うた》をおもへ
ひとにつきておもふなかれ
ひとをおもへ

病める友に与ふる

ああ　イヱスがゆく

〔欠題詩群　(二)〕
大正十三年十月編

みよ　そのひたひ　そのしろきひたひ
イヱスがゆく
草の葉のごときしづけさよ
されどされど
ほのほのごときちからづよさよ
きみよ　むねに手をおきて
イヱスを念ぜよ
きみのこころ
やがて空のごとくはてしなく
ほがらかにすみゆくならば
やがてイヱスは
君がこころの野を
はてしなくあゆみたまふべし

かなしげの

されど光ある
みすがたならずや、
きみよ
むねいたむ日
いとひそやかに　イヱスに問へ、
イヱス癒したまわん、
きみがこころ
やがてさかえ　しげり
イヱスの殿《みや》とならば
その日　君はまったくいえん、
イヱスをたもちたまへ
イヱスの影像を消すなかれ
けふもあすも
きみがこころの野に
かれをあゆましめよ、

さらば　いつか
とほからぬ日なり
イヱスいひたまわん
『なんぢ癒えよ』と
きみよ　かくのごとく
かならずイヱスいひたまわん
かくてその日
きみはいゆるなり、

○

すこやかなものが
むねにたまる日のちからづよさよ
木のちからが

葉に化《な》ってゆく
そのさやかな転生《てんじょう》のこころをかんずる
その日には
山をさへうらやまず
季節のすすむように自在にあゆんでゆく

○

たんじゅんなことばであっても
まことなることばであるなら
あかんぼのように
うまず　あすもけふもくりかへしたい
いちど口にして捨《す》つべきことばなら
このそらのもとへうまれないがよい

○

詩《し》をうむこころ
それはおさないこころです、
ただそれはつめたくはない、
うつくしく
あつく　しづかに、
たとへ春の花であっても
詩にあっては秋の空のなかに咲きます、

○

この
りんご
あきの
こころ

いかりたる
わがこころ
りんごの
しづけさを　ほしとおもふ

○

ミルトンの
うたのうれしさ
ひとつのもじのかけらにも
うたのこころがいきづいてゐる

○

こころ
まづしきは
さひわひなり
かみよ

ひとすぢに
こころまづしくあらせたまへ

こころ
きよきものは
さひわひなり
かみよ
ひとすぢに
こころきよくあらせたまへ

かなしむものは
さひわひなり
かみよ
ひとすぢに
かなしませたまへ

○

おろかしい
こころよ
どこを
さまよふてきたの

キーツをわすれて
どのようなまことが
かれの夢よりうつくしかったのか

きりすとをわすれて
どのようなことばが

おまへのこころをふるわせたのか

○

ふしぎ
ふしぎ
おもふこと
みなうたとなる

秋、
じざいなる
われかな
うるわしきわれかな

秋、
たかき水《みづ》の音

○

いかるとき
いかりたる　そのものをみず、
ああ秋のみなそこに
恋びとのひとみをみるごとく
いかりたるを
しづかにうるわしむ日は来ないのか

○

かへがたきひとつのこころ
あるときは
よきこころとおもへど
あるときは　あしきこころとおもへど
よくよくにみつむれば
ただざぶしみのこころなり

○

うごくこころ
とげあるこころ

それがややしづまつてゆくとき
かなしみが
こころのしづけさをおちてゆく

○

まるひとつの
あかんぼにみいつてゐると
ほのほのようにみえてこないか
しづかに
しづかに
かぎりなく　ひろいもののなかへ
えんえんと　もえてはゐないか
そんなとき

わたしみづからのなかへ
おほきな花がさいたように
にわかに
わたしは　すぐれたにんげんになる

○

なにゆえ
草はうつくしきか
みづからのすべて
みづからによりてつくられしゆえなり
なにゆえ

にんげんはうつくしからぬか
みづからならぬもの
みづからのうちにあるゆえなり
いっぽんのくさのうるわしさは
ひとつのほのほのうるわしさにかよふ
くさの葉の
そのかたちは
つくりぬしの
こころながるゝ　そのすがたなり

○

しづかなるひは
はなのかたわらにたち
そのはなのさくこころをかんじ
キーツのうたをよみ
そのうたのうまれくるひびきをかんずる

○

かみをみうしなひたらば
まづ　みづからをやきほろぼせ

神をおもふ秋
大正十三年十月二十六日編

かみ　めぐみたまはば
やけうせしその灰のなかに
あたらしきたましひをつくりたまわん

○

かみよ
かみよ
わがみならぬ
すべてよ、神よ

○

ここまでいらいらとはしってきた
たたかひながら
しかしおそらく　しりぞきながら、
かなしいかなしいことではあるが
わたしのこころは
しだいしだいにつめたくとざしてゆこうとする、
よのなかをみるのが　おそろしくなりまさってゆく、
こんなことではならぬ
どんなにひとがしかけようとも
せめてみづからだけは
あたたかい感情をたやさずにをらうとねがったのに、
ああ　おもへば　わたしはつかれた、

おほいなる人のあしあとをおもへば
つかれたなどとはもつたいないいひぶんではあらうが
ものに　こしをおろすときは
かならずむねのうちで
こころは　憮然としてうなだれる、
わたしは　これを叱咤し　はげまそうともだへる
しかし　しかし
老いたる馬がつひにあへいで
さぶしくも　きずついた武人のあしもとにたふれたとき
その馬が忠実であればあるほど
武人はこれにもうひとつのむちを加へがたいであらう、
かならずや　人とけものは相いだいて哭《こく》するであらう、
わたしも　なくのだ　わたしも　なくのだ、
いとほしい　いとほしい
だがきずつきやすいよわいみづからのこころが

いま　うなだれて　あしもとに　たふれてゐる、
これまでのたたかひもみじかいとはいへなかった、
わたしは　おまへを　ずゐぶん叱りもした
むちもあたへた　足げにさへもした
ああ、よわい、なつかしい友よ、
いや　あなたは　わたしの主人でもある、
これからさき　じぶんらふたりはどうなることか
わたしもつかれた
あなたもつかれた、
しかし　どうかして
またいきいきとしたあゆみをはじめたいものだ
このみちが
永遠にむなしいみちであるのか
そうであってもかまわぬ
とにかくすすんでゆきたい　あゆんでゆきたい、

かぎりなく　澄んだこころ
かぎりなく　あたたかいこころをもとめて、

○

われを　めぐる
もろもろの　あしきもの
すなわち、おそれ、ねたみ
ゆううつ、ふまん、のろひ
これらは　すべて神なり

○

金なきゆえ
詩集をあみえず
つまと　かなしみてかたり
わづかづつ　かねをため
いつの日か　わが集を　いださんとねがふ

不死鳥

わたしのうたよ
フィニクスとなってうたへ
わたしをやきほろぼし

むなしいはひのなかに
ひとりでにうぶごえをあげるのだ
ああこころあるひとであるなら
このとりのしづかな眸《め》をみてやってくれ

あさがほのたね

あかるい日だ、
あさがほの
からからなたねをこぼれさせ
みづいろの封筒にいれて封をした、
かるくなにごとかすんだここち

純情を慕ひて
大正十三年十一月四日編

○

このはいいろのそらから
よわいのだけれど
いきどほるわたしのむねへひびけと
かるやかなあめをふらせる

○

このとしになって
友とよぶべきひとりもない
なんといふさびしさ

○

わたしの絵は
わたしの手すさび
もうたれにもみてもらふまい

○

貧乏はかなしくはないが
庭の花も枯れちやったのだから
もう一本かひたいのだけれど
詩集をかってよみたいのだけれど
そう自ゆうにもできないのさ

こどものきものもいるんだし
もう二月したらまた一人うまれる
虹のような若やいだ空想のせかいに
聖者としてみづからをあざやかに描いてみて
ひとりゆくいさましいものを念じてゐたのに
ひとなみのみちを
ひとなみのなやみを負ふてそうろうとあゆむ
いちにんとなりはてたるみづからである

○

おほくくづしては
すこしくたつる
わがこころのかなしさは

またしんじつそのものへゆくみちのかなしさなり

○

手をあわすれば
あらわれてゆく
ふしぎなるこの世かな
かたじけなきぼんのうの世かな

断章

わたしのこころを
すひつけるものはないか、

あたへようといくらしたとて
うけとりてのない
荷《に》札《ふだ》のはがれたような　やるせない　いらいらしさ

○

なぜわたしは
民衆をうたわないか
わたしのおやぢは百姓である
わたしは百姓のせがれである
白い手をしてかるがるしく
民衆をうたうことの冒瀆をつよくかんずる
神をうたうがごとく
民衆をうたひうる日がきたなら

その日こそ
ひざまづいてれいかんにみちびかれてものを書こう

○

よろこばしき詩人は
よろこびのうたをうたへ
かなしみの詩人は
かなしみのうたをうたへ
ただ　いかなるひとも切々のおもひにもえてくれ

○

さびしいおもひではあるが
かなしさを
しづかにうたひ
うつくしくこころをとかして
死ぬるまでうたひつづけたい

亡き友の妻

わたしの友の一人《ひとり》を夫にもち
夫に逝かれた二十三のやもめの彼女は

まる一つになったばかりの男の子をつれてきた
こういふ事がらをうたとして
叙するべきちからがわたしにはない
ただじぶんのたったひとつののぞみである
詩集をだすための金のいくらかをさいて
このかなしき客をもてなそうとするばかりだ

○

えいえんを
おもわする
さむい日
山のうへになびくしろいくも

寂寥三昧
大正十三年十一月十五日—二十三日

〇

ロマンチストといふのは
たえずくづれゆく世界をみつめてゐるひとです

〇

詩のうまれいづる日は
かなしみならば
そのかなしみが
みゆるもの　きこゆるもののこころまでひびきとほり
よろこびならば

たとへいささかのよろこびであらうとも
あらゆるものをつらぬいてながれてゆく

○

すぐれたる詩人のこころへはいりこめたときは
ねうちのある鉱脈へほりあてたのだ、
ぐうぜん、おととしの秋
キーツといふ純金の脈をみつけたときのおどろきとうれしさ、
それからのち、すこし質はわるいが
キーツよりもっと巨きな金鉱、
ミルトンにであふたときのこころづよさ、
ちかごろになって、シヱレといふ水銀の脈と
ブラウニングのすぐれたる鉄の脈とへほりあてた、

シエクスピアは銅鉱だといふたら
まっ赤になってはんたいのひともあるだらうが
とにもかくにも　彼は巨いなる銅鉱である
ふるいつくほどいい色ぢやないが
その日その日になくてはならぬかねであるのだ、
バーンズは砂金、
ポウとブレークは狂へる銀と白金、
ロセッティは透明な金銅《しやくどう》である、

○

きりすと
われにありとおもふはやすいが

貧しきものの歌
大正十三年十二月九日編

われみづから
きりすとにありと
ほのかにてもかんずるまでのとほかりしみちよ、
きりすとが　わたしをだいてゐてくれる
わたしのあしもとに　わたしが　ある

みたま

みたま
鳩のごとく
くだれり　といふ

○

ギリシャ語の聖書をよめば
とをのうちのたったひとつのいみがわかるだけでも
ひろびろとすみきって
おさなごのようにたんじゅんなまことが
すぐさまこころへふれてくるのをかんずる
くるしいわざではあるが
かみよ、このべんきようをつづけさせたまへ

○

いつわりのない

こころをもとめ
あひてのないこころをいだき
けふはすぎた
あしたもゆこう

○

むなしいことばをいふな
もしもそうしてゐたがために
おまへの肺がよわるといふなら
さざん花のしろい花にむかってうたってをりなさい
おまへのにくたいとおまへのことばを
すべてうつくしいひとつのながれとなしなさい
もしもひくいすがたのじぶんになってをるなら

たえがたくともだまつてゐなさい
みづからがひかるまでまつてゐなさい

◯

かなしみのせかいをば
一歩もいでぬわたしであるゆえ
わたしのうたはただしいかもしれない、
かなしみをほこるのではない
よろこびがほんとうにくるならば
よろこびを空気のようにすうていきよう、
けふはかなしみの日であるゆえ
そうであるゆえかなしみの詩をうたうのだ

○

かねがないゆえ
ゑもかかず　展《てん》らんくわいもみない
京都へもゆかない
ちさい妻にはゆきたくないからだといっておく
三十五円ほどするあつらへておいた
キーツの本もきたらこまるとおもふ
まちこがれてはゐるのだけれど
ほんとうにすきな本だけでも
ぎっしり本箱へならべてみたい
だがこれもぜいたくなねがひだ
食ふにこまるひとさへある、
さてわたしはこうしていっていいのか

まづしいにんげんではあるが
もっとまづしいひともある
まづしきものはめぐまれてゐるといふ
そのあじわひもしらず
まづしさにてっする力もなく
ああわたしにはわからない

詩稿　ものおちついた冬のまち

大正十四年一月十四日編

○

詩はなにゆえにとほといか
なにものものうばうことのできぬせかいであるゆえ、
かなしい日はかなしみのみちをゆきくらし
よろこびの日はよろこびのみちをゆきくらし

たんねんにいちねんにあゆんできたゆえ
かすかなまことがみえてきた、
じぶんでみつけねばたれも力をかしてくれぬ
このひとすぢのたびはつらかつたが
こわたれぬせかいがすこしみえてきたかたじけなさ、
わたしを殺さねばこのせかいはうばへぬ、
わたしのようにくるしみ
わたしのようにめぐまれてあらねばこのせかいはみえぬ、
いつの日からんらんとみえてくるだらう
いつかはつきりとうたをみることができるだらう

〇

うたもひとつの行《おこな》ひである

キリストはおしへていつた
よきおこなひはかくれてなせと
わたしのうたがほんとうにねうちあるなら
かくしておいてもこころがいらだたぬはず

○

本を研究することによつて
ひとつのせかいへゆきついたひとは
本を研究することについてしかことばをもたない
詩をつくりながらゆきついたひとは
詩をつくることにしかことばをしらない

○

詩をよむときをえらびなさい
あるひとつの詩をよんだといふても
百人あれば百様によむのですから
たかいうつくしいこころのときによんだなら
その一篇はたとへ他人のつくったものであっても
あるときは作者よりもっとふかいこころにつつんで
それを生涯のたからとすることができる
よむことはいつでもつくることとです
たとへいちどたかいこころでよんでをったとても
そののちそれほどのこころでよみえなんだら
あなたはふるいレコードホルダにすぎません
そんなばあひはしかたないゆえ

せめてさいしよの印象をこわさぬ様にしまっておいて
それをときどきだしてあなたのまへへおきなさい
そして堕《お》ちたヱンゼルは堕ちたヱンゼルとして
さびしくとも地道なうたをうたってゐなさい

○

秋をほめたこのまへのとしは
わたしのこころにゆとりもあったが
ことしは冬がしたわしい
つれないまでにりりしい冬のこころが
わたしをきれいにうつくしくしてくれるから

○

しなければならないことは
いつもこころをたがやしておくことです。
いつも粘土をもとのままににぎりつぶして
やわらかい材料としておくことです。
そしてそのはたけや素材は
いかにも感触をものほしそうになまめかしいすがたでをりなさい。

○

万葉にかへってゆくのです
万葉を越えてゆくのです

○

まづしいこころで詩をよみなさい
詩についての本はほとんどよまぬがいい
詩だけよんでわからぬくらいなら
いくらそれについての本をよんだとてむだでありませう

○

古人に逢ふてゐると
古人の跡をもとめたくなる
これではならぬ

古人のもとめたところをもとめよう

○

あさくあいするよりは
かなしみの家がよいとおもった
しかし小さい人間のかなしみは
ひかりあるかなしみではない
ひにくといふことの別の名がかなしみである
これではならぬ
ひにくであるよりはあさくともあいするがよい

○

うたで絵を描こうとするおろかしさ
絵にかけぬひとつの断面をうたは生きてゆく

○

よいことばであるなら
ふたたびいふにためらふな
いつまでもくりかへすのにおそれるな

詩稿　み名を呼ぶ
大正十四年三月編

○

かなしいのでもいい
よろこばしいのでもいい
こころは
うごいてをれよ
なまなましく
かんがへてをれよ

断章

ふしぎがあつたら

ためらわずに
ひよいとまたいだほうがいい
ふりかへってみるとわかることがある

○

れいめうなる
ちからなり
みなをよぶばかりなれども
おんちちうへととなうれば
ふしぎなり
くるしみはかがやきてきたるなり

○

よぶがゆえに
みえきたるものあり
よぶことなければきえゆくものあり

○

ちさきものに
あたへられし
ちさきいのち
よわきものに

〔断片詩稿〕

あたへられしよわきいのち
この日のもとにしづかにいきよ

いきどほり

わたしの
いきどほりを
殺《ころ》したくなつた

顔

悲しみを

しきものにして
しじゆう　坐つてると
かなしみのないやうな
いいかほになつてくる
わたしのかほが

冬

まつ赤な子供が
どこかで素裸で哭いてゐる
そつと哭いてゐるがとても寄りつけない

秋の水

森のかげに水がながれてゐた
そのそばにしやがんでゐると
こくんとおとがきこえることもある
音がすると
なにかそつと咲《ひ》らくようなきがする。

暗い心

ものを考へると
暗いこころに
夢のようなものがとぼり

花のようなものがとぼり
かんがへのすえは輝いてしまう

○

この聖書《よいほん》のことばを
うちがわからみいりたいものだ
ひとつひとつのことばを
わたしのからだの手や足や
鼻や耳やそして眼のようにかんじたいものだ
ことばのうちがわへはいりこみたい

詩稿　桐の疏林
大正十四年四月十九日編

○

わたしが
詩をすてるとき
わたしはほんとのひとになれる

○

わたしの詩よ
つひにひとつの称名であれ

イエスは　きっとまたくる

きりすとが
うそをつくものか
またくるといふ
こないことがあるものか

○

あさ、
やまぶきをみれば

詩稿　赤いしどめ
大正十四年五月七日編
主の年一九二五年

むかしのことが
うっすらとおもわれてくる

○

むぎのなかに
うちがあった
ながい
丈口もあった
桃子が
やたらはいっていったら
こやしをけを
かついでゐたおかみさんが
やまぶきをひとえだと

こんぺい糖のような
花のさいたえだをふたつくれた
なんだか
ひろいのはらが
きゆうにあかるくおもわれた、

○

あかんぼをおんぶして
よい、よい、よいさ、とあるいた、
こんな
はるのゆふぐれは
いきをころしたら
描けるかもしれないとかんがへた

詩稿　ことば
大正十四年六月七日

○

斜面といふものは
うれしかつたり
かなしかつたりする

詩稿　松かぜ
大正十四年六月九日

とんぼ

とんぼが
みし　みし　と

うかんでる

断章

あめつちにいれがたき
うれいなり

断章

鉄がとけるように
論理もとけてくる
、、、
きりすとはただしかったのだ

詩稿　論理は熔《と》ける
大正十四年六月十二日

ふるさと

ふるさとをおもへど
柿の実《み》のいろのみおもひいだされて
ちちうへも　ははうへも
あまりにかそけき　さぶしさよ

○

みにくいものは
てぢかにみえる
うつくしいものは

はるかにみえる

断章

かなしくなると
わからなかつたことがわかつてくる

○

いきどほりながらも
美しいわたしであらうよ
哭きながら

詩稿　美しき世界
大正十四年八月二十四日編

哭きながら
うつくしいわたしであらうよ

○

真夏の空にたかくみる
秋のひびき
うれしきひびき

ある日

いちにちくるしんだのでありますから
ささやかではありますが

私の器《うつわ》にしたがって
このいち日もくるしかったのですから
ゆふぐれ
芋ばたけのそばにたったらば
青い芋の葉もやさしくおもわれました

○

かなしかれど
かなしかれど
このひとすぢの路をはなるべからじ

詩● うたを歌わう
大正十四年八月二十六日

憶えがき

これ等の詩篇は殆んどすべてわが熱く愛するものなり、これ等はわづか二日にしてなれるものなり、みづからにもふしぎとするまで愛らしき詩なり、われは、ふたたび曙にたつおもひあり、命なかりしものも命あるべくおもわれきたれるなり、

ある日

雨はやんだ
しかし　空はくもってゐる
白いような

すこし　ひかるような雲がいっぱいだ
ものを考へてはならないとおもった

なかよくしよう

なかよくしよう
花がちる
花がさいた
きれいな　そら
みんな　そら

愛

うつくしいこころがある
恐れなきこころがある
とかす力である
そだつるふしぎである

詩●ひびいてゆこう
大正十四年九月三日編

うつくしき　わたし

うつくしくなると
いったん人はとほのいてみえる

詩●花をかついで歌をうたわう
大正十四年九月十二日編

もっとうつくしくなると
かがやいてちかづいてくる

雨

雨がふってゐる
雨はふってゐるけれど
すこしもきこえない
雨はみえるきりだ
雨をみてゐると
こころが　かがやいてくる

詩●木と　ものの音
大正十四年九月二十一日編

ブレークに寄す

もえてるような
ひかってるような
ころがってるような

わらひながら
哭きながら
うたを　うたってゐる

天国

春になり ― 宇宙のリズムはひびいてゆき

夏になり
秋になり
秋になり
冬になり
春になり

だがすこしづつかわってゆき
あるとき俄然としていままでのリズムを越え
ひかれるリズムのなかへながれこむだらう

詩● しづかな朝
大正十四年十月八日編

涙

涙はながれるけれど
べつに拭こうともしないで涙をながしてゐたらば
胸のあたりの蔭影《かげ》はそのままかがやいてみえた

森

森はひとつのしづけさをもつ
いちどそのしづけさにうたれたものは
よく森のちかくをさまようてゐる

晩秋
大正十四年十一月二十二日編

私の詩

(私の詩をよんでくださる方へささぐ)

裸になってとびだし
基督のあしもとにひざまづきたい
しかしわたしには妻と子があります

すてることができるだけ捨てます
けれど妻と子をすてることはできない
妻と子をすてぬゆえならば
永劫の罪もくゆるところではない
ここに私の詩があります
これが私の贖《いけにえ》である
これらは必ずひとつひとつ十字架を背負ふてゐる
これらはわたしの血をあびてゐる
手をふれることもできぬほど淡々しくみえても
かならずあなたの肺腑へくひさがって涙をながす

素朴な琴

このあかるさのなかへ

ひとつの素朴な琴をおけば
秋の美しさに耐えかねて
琴はしづかに鳴りいだすだらう

(『貧しき信徒』「素朴な琴」初稿)

詩

わたしは
森のような詩がつくりたい
すくすくと木のようにならんでゐて
祭のように人をすひよせるものをなかにもってゐたい

哀しみ

からだのうちを
火の玉のようにころげまわってゐるのは何だらう
からだのすみずみまで
わたしの命をおひまわしてゐるのはなんであるのか

花

花がひらくようにおもわれる
花はひらきながら
わたしの悲しみをみつめてゐるようにおもわれる

魂

ふしぎなのは魂である
完いたましひは腐れてゐる
砕けてゐるときのみ魂は完全である

心

もえるとき
別の眼が心にわく
不思議をみて善しとする

野火
大正十五年一月四日編

祈

ゆきなれた路の
なつかしくて耐えられぬように
わたしの祈りのみちをつくりたい

基督

私は
床の間に基督の磔の図をかけておく
その前ではとうてい人を憎みとほせない

麗日

大正十五年一月十二日編

鬼

大正十五年一月二十二日編

フランシス

ある時
フランシスが外へ出たら
癩病でくづれた乞食がゐましたが
その手をにぎったら
たちまち白い基督の姿になりました

信仰

本当に信ずるなら
聖書にまるきり反対の事が書いてあっても

なほあくまでも信ずるであらう
ただちに聖霊を信ずる
その福はおほいなるかな

聖霊

聖書が聖霊を生かすのではない
聖霊が聖書を生かすのだ
まづ聖霊を信ぜん
聖書に解がたきところあらば
まづ聖霊にきかん
聖書のみに依る信仰はあやうし！
われ今《いま》にしてこれをしる、おそきかな、

気持

考へる事も少くなり
色合も簡単になって
それでゐて見厭きのしない気持を見つけたい

私の詩

私の気持から
偉くならうといふ心をとり去りさへすれば
いつも立派な詩ができた

赤い花
大正十五年二月七日編

真理

真理によって基督を解くのではない
基督によって
真理の何であるかを知るのだ

信仰詩篇
大正十五年二月二十七日編

二月

空が曇ると
たより無い気がしてくる
はやく晴れてくれ

はやく晴れてくれとおもふ

十字架

十字架を説明しようとしまい
十字架のなかへとびこもう
十字架の窓から世界を見よう

キリスト

キリストが十字架にかかって死んで
甦って天に昇ったので
私も救われるのだと聖書に書いてある

キリストが代って苦るしんだので
私は信じさへすればいいと書いてある
私はキリストがすきだ
いちばん好きだ
キリストの云った事は本当だとおもふ
キリストには何もかも分ってゐたとおもふ
キリストは神の子だったにちがいない
キリストは天に昇ってからも
絶えず此の世に働きかけてゐるとおもふ
ポーロの言葉　使徒の言葉
すぐれたる信使の言葉
それ等は
キリストが云わせたのだと信ずる
そう云ふことの出来ぬほど
キリストが無能な者だとはおもわれぬ

再びキリストが来る
キリスト自身がそう云ってゐる
キリストが嘘を云ふ筈がない
そのとき
私自らは完全に悪るい人間だけれど
ただキリストを信じてゐる故にのみ
天国に入れてもらへると信ずる

太陽

あなたは総べてのものへいりこむ
炭にはいってゐて赤くあつくなる
草にはいってゐて白い花になる
恋人にはいってゐて瞳のひかりとなる

あなたが神の重い使であることは疑へない
あなたは人間の血のようなものである
地の中の水に似てゐる
不思議といへば不思議である
有難いといへばじつに有難い
あなたより力づよいものがあらうか
あなたが亡ぶる日があらうか
そして別のあたらしい太陽がかゞやく日があらうか
あると基督はおしへられた
ゆえにその日はあると信ぜられる
しかしその日まであなたは此の世の光りである、
みゆる光はみえぬ光へ息吹を通わせてゐる、
あなたの高い気持にうたれた日は福な日である、

万象

人は人であり
草は草であり
松は松であり
椎は椎であり
おのおの栄えあるすがたをみせる
進歩といふような言葉にだまされない
懸命に、無意識になるほど懸命に、
各〻自らを生きてゐる
木と草と人と栄えを異にする、
木と草はうごかず　人間はうごく、
しかし　うごかぬところへ行くためにうごくのだ、
木と草には天国のおもかげがある

もうごかなくてもいいといふ
その事だけでも天国のおもかげをあらわしてゐるといへる、

〔断片詩稿〕

○

もえたら
いいのだ
ひとすぢに
かなしみをみづからとして

ノオト　A

主の年　一九二六年三月十一日　(春)

願

私は
基督の奇蹟をみんな詩にうたいたい
マグダラのマリアが
貴い油を彼の足にぬったことをうたいたい
出来ることなら
基督の一生を力一杯詩にうたいたい
そして
私の詩がいけないとこなされても
一人でも多く基督について考へる人が出来たら
私のよろこびはどんなだらう

仕事

信ずること
キリストの名を呼ぶこと
人をゆるし　出来るかぎり愛すること
それを私の一番よい仕事としたい

○

詩をつくり詩を発表する
それもそれが主になったら浅間しいことだ
私はこれから詩のことは忘れたがいい
結局そこへ考へがゆくようでは駄目だ

イエスを信じ
ひとりでに
イエスの信仰をとほして出たことばを人に伝へたらいい
それが詩であらう
詩でなかったら人にみせない迄だ

此の室

たれか此の室へ入って来て
うれしい事を云ってくれるような気がする

感謝

私は幸な人《ひと》だ
信仰が弱《よわ》ければ
神が私に病をくだすった
そしてまっすぐな見方をおしへて下さる
わたし今死んでも満足ですと云ふ妻がある
桃子と陽二がゐる
自分はいままでの生だけとしても福な生をうけたのだ

称名

わからなくなった時は
耶蘇の名を呼びつづけます
私はいつもあなたの名を呼んでゐたい

ノオト　B
一九二六年五月四日

○

小さき花、完全の鏡――
フランシスはいい名をみんな奪ってしまった

○

私は貧しいと云へようか
フランシスの「小さき花」を持ってゐる
これを味わうに三年で足りようか
その間一文も余計なお銭《あし》が無くても貧しいと云へようか

ノオト　C

一九二六年（大正十五年）五月

○

太陽よりもっともっと高いところに
太陽よりもっともっと光った神様のことを考へてゐた

○

長い命でないとおもへば
これから一生懸命に
力をつくして
神様を信じ
人を愛してゆこう

床上独語

ひとりでに浮んで来る
この涙をどうしたらいいのかしら

○

わが詩いよいよ拙くあれ
キリストの栄　日毎に大きくあれ

ノオト　D
主の年　千九百二十六年六月

ノオト　E
昭和元年十二月

○

独り言ぐらい真剣な言葉があらうか

詩神へ

人を殺《ころ》すような詩はないか

（『貧しき信徒』「病床無題」初稿）

○

私のそばに
イエスがゐるように思へるときは
力づよい

○

神さま
聖霊のはたらきをたまひ
わがたましひを砕き
あたらしき芽

あたらしきたましひをおこしたまへ

訳詩

訳詩　ジョン・キーツ
——一九二三——

レーノゥルドに答へて

『黒い瞳は、はるかにはるかに、
ヒアシンスをもあざむく眸《め》より美しい。』
といふレーノゥルドの小詩《ソネット》にこたへて、

碧《みどり》！　それは天空《そら》の命だ、——
月の領界——太陽の、ひろい、宮殿——
明星と、明星に従ふ者の幕屋——
金と、灰と、暗褐の
雲の懐《ふところ》である天空《そら》の命だ。
碧！　それは、水の命だ、——
大洋と、大洋にそそぐ、さんざめく川流《ながれ》との。
数しれぬ池が、怒り、泡だち、焦《じ》れたとしても、

暗碧の故郷《ふるさと》へでなければ
決して鎮まり得ないであらう。
碧よ、森の緑のやさしい従姉よ、
あらゆる美しい花の中に緑と夫婦《めおと》となる、
忘勿草――桔梗――そして、秘密の女王のすみれの中に――。
お前は、ただの幻影としてさへ
何といふ不思議な能《ちから》をもつてゐるのだらう！
だが、お前がひとたび
ひとつの『眸《まなざし》』の中に運命といつしよに吹息《いき》づくとき、
ああ、何といふ偉《おほ》いなお前の能《ちから》であらう！

私が怖れるとき

私のペンが、私の孕んでゐる脳の刈入れをすますまへに、

たかく積まれた本が、
ちようど、熟し切った穀物が納屋に充ち満ちるように
文字によって、私をとりいれきるまへに、
私は死ぬるかもしれぬといふ怖れをもつとき。
夜の星ある顔の面に
高きロマンスの巨いなる雲のごとき表象《シムボル》をみるとき、
そして、また、それ等の影を
機会《チャンス》の不可思議な手とともに、たどり追ふために
決して生きてはゐないだらうと感《おも》ふとき。
そして、――美はしい一時《ひととき》の生くる者よ!
私はもう決しておまへを見ることはなく
何も顧みぬ恋の天来の能《ちから》に酔ふこともあるまいとおもふとき、――
ああ、その時は、ひろい世の岸に孤《ひと》り立って、
そして考へる、
「愛」も「名」も空しきものに沈みはつるまで。

海に

荒涼《さびし》い水汀《みぎわ》をめぐりめぐって
海は永遠の秘語をさざめく、そして、
その強い潮の息吹《いぶき》とともに、
億万の虚洞《うつろ》をむさぼり充たすのだ、——いつの代か
天地女神《ヘケテ》の呪文が色あせ、
この秘語の古い影のごとき響が消えはてるまで。

和《なご》やかな日の海の心は、
何時《いつ》かしれず、過ぎし日の風が
いちばん小さい貝がらを落した
ちょうどそのままで幾日も動かさぬ。

その貝殻は、静かである。

余りにも、君の瞳がいらだちつかれたなら、
海の広さにそれを饗《あ》かしたらいい、
君の耳が世の騒音にかきみだされたなら、
あるひは、余りにも、飽満な調《メロディ》にはき気をもよほしたなら、——
そのときは、古い洞《ほら》の口のちかくに坐りなさい、
そして、あたかも、君が
「海の妖精《シー・ニンフ》が合唱《うた》った！」とおもふて、はっとするまで、
君は静かに冥想するがいい！

〔一八一九・八〕

暗い霧は去った

暗い霧が、私等の野を、荒涼《さびし》い季節を
ながいあひだ抑圧《おさへ》つけてきたあとから、
柔しい南国から生れた一日がやって来た、そして、
病みつかれた空から
あらゆる似つかわしくない汚点を拭き去ってしまふ。

心をときめかしてゐる、この月は、その痛みからのがれて
五月の触感をみづからにまで
長く失ってゐた権利のごとくにひきよせる、
眼瞼《まぶた》は、過ぎゆく涼しさとたわむれる、——ちようど
薔薇の葉が夏の雨の滴とささやくように。

静かにも静かなおもひが湧く――
葉が、芽ぐみゆく、そのごとき、
静寂のうちに果実が熟《う》れてゆくごとき、
秋の陽が夕ぐれ、ものしづかな稲束に、ほほえむごとき、
愛らしきサッフォウの頰にも似た、
ねむる、おさな児の息吹《いぶき》にも似た、
砂時計をしづかにすべるその砂のような、
森かげをゆくしづかな流れのような、
ああ、そして、詩人の死のごとき！

「名」に

『菓子を食って、しかも、それをまだ持ってゐることは出来ない』 箴言

地上の日の生活を
静かなこころでみられぬとは、そして、また
じぶんの生活のあらゆる頁をかきみだし、
「正しい名」の処女性を奪ふのは
何といふさわがしい人であらう。
それはちようど
薔薇がみづからをひきむしり、
熟れた梅の実が
みづからのみづみづしい実のりをかきみだし、

あるひは、また、森の精《ネイアツド》ともあらうものが
いたづらずきの妖精のように
じぶんのすがすがしい洞《ほら》の棲家を
泥《どろ》の憂鬱で暗くするようなものぢやないか。
だが、まあみるがいい――
薔薇《ばら》はいつでも薔薇の木に微笑んでをり、
いつだって風に接吻《キッス》させてやり
いつだって蜂をば蜜でよろこばせてやる、
そして、熟した梅は
いつまでも、その、水々しい衣《ころも》をまとうてゐる、
煩ひ無い潮は澄明な世界に住む！
それだのに、なぜ、
人々は、賞讃を与へてくれと世にせがんで、
自らの救ひを、怖ろしい偽りの信条で汚すのか??

ブレーク『無心の歌』

序詩

笛をふきならし
笛をふきならし
たのしい笛をふきならし
さみしい谷をおりてゆく

こどもがひとり
雲のうへにあらわれて
わらひながら云ひました

ひゝ、ひつじのうたを

ふいておくれ

そこでわたしは
ふしおもしろくふきならしたのです

もいちどふいておくれ
そのうたをふいておくれ
あなた　笛ふきやさんね

そこでわたしはふきましたよ
こどもはきいてなきました

おまへの笛をすてておくれ
そんなうれしそうな笛をしたへおいて
おまへの口から

いいうたをうたっておくれ

わたしはもいちど
おんなじ歌をうたひました
きいてるうちにうれしくなり
こどもはなみだをながしました

上手な笛ふきやさん
そこへこしをおかけ
そしてどんな児でもよめるように
いっ冊の本にかいておくれ

たちまちこどもは消えてなくなりました
わたしはいっぽんの葦《あし》をちぎって

（くりかへし）

手細工のふでをつくりました
それをきれいな水にひたして
わたしはたのしい歌をかいたのです
こんなたのしいうたをきいたらば
どんなこどもでもうれしくなりませう

幼きよろこびのかたまり

あたし　お名まへ無いの
あたしおとというまれたっきりなの
では　あんたのこと
なんとよべばいいの

あたし
なんだかうれしくってたまんない
あたしのこと
　いい児っていってくれればいいの

ああ　いい児!　いい児!
うつくしいよろこびにうたれなさい

かあいらしい　よろこびのかたまり!
うつくしい　よろこびのかたまり!
たった二日っきりたたないけど
それあいい児!
やっぱりあんたのなまへ
よろこびのかたまりってよぶのがいいね

わらってる
わらってる
こどもがわらってる
わたしは　うたをうたわう

よろこびのかたまりよ
よろこびのかたまりよ
うつくしいよろこびにうたれなさい

解説

若松英輔

今日、八木重吉（一八九八―一九二七）の名を知る人は少なくない。だが、生前、彼が世に送り出しえたのは一冊の詩集だけだった。『秋の瞳』と題された詩集には「うつくしいもの」という作品がある。

わたしみづからのなかでもいい
わたしの外の　せかいでも　いい
どこにか　「ほんとうに　美しいもの」は　ないのか
それが　敵であつても　かまわない
及びがたくても　よい

ただ　在るといふことが　分りさへすれば、
ああ、ひさしくも　これを追ふにつかれたこころ

重吉の核心的な問題を考えるとき、この詩を見過ごすことはできない。彼は稀有なる抒情詩人として、あるいはキリスト教詩人として語られる場合が多いが、彼が常に深いところで探究していたのは「在る」ということ、存在の秘義そのものだった。世界が在る、時が在る、一輪の花が在る。自己が在る。「在る」ことの神秘が彼の念頭を去ることはなかった。

彼にふれる文学者、宗教者、あるいは芸術家もいる。しかしこの国ではまだ、彼の詩はまだ十分に哲学的には繙かれていない。ハイデガーが詩人ヘルダーリンの作品にふれ、存在の根源には聖なるものがあり、詩人はそれを歌うことを抗いがたいほどのちからで、何ものかに促されていることを論究したように、重吉の詩も哲学の言葉よりもいっそう確かに存在の神秘を明らかにする可能性を秘めている。

「詩」と題する一文でハイデガーは、ヘルダーリンの言葉は彼の意志だけでなく、そうした存在からのはたらきかけによって生まれた、と語っているが、同質のことは重吉

にもいえる。重吉は、単なる吐露とは異なる、内心の告白を続けただけではない。言葉の通路になるという詩人としての使命にどこまでも忠実だったのである。
存在の起源を詳らかにすること、それもまた詩人の仕事である。次の作品では、万物を在らしめているちからが太陽の光に託されて語られている。

あなたは総べてのものへいりこむ
炭にはいってゐて赤くあつくなる
草にはいってゐて白い花になる
恋人にはいってゐて瞳のひかりとなる
あなたが神の重い使であることは疑へない
あなたは人間の血のようなものである
地の中の水に似てゐる
不思議といへば不思議である
有難いといへばじつに有難い
あなたより力づよいものがあらうか

あなたが亡ぶる日があらうか
そして別のあたらしい太陽がかゞやく日があらうか
あると基督はおしへられた
ゆえにその日はあると信ぜられる
しかしその日まであなたは此の世の光りである、
みゆる光はみえぬ光へ息吹を通わせてゐる、
あなたの高い気持にうたれた日は福な日である、

（「太陽」、大正十五年二月二十七日編「信仰詩篇」）

「福な日」は「しあわせな日」と読むのではないかと思われる。万物が存在し得るのは、「在ること」を付与するはたらきが実在するからだと重吉はいう。ここで太陽は、熱の起源であり、色の起源であり、循環するもの、潤すもの、ちから強きもの、そしてときに「光」として認識されるものでもある。この命名しがたき何ものかが、これまでも、今もまさにはたらいている。

それが「神」と呼ぶべきものであることは、作中の「基督《キリスト》」の一語が暗示している。

重吉はキリスト者だった。しかし、特定の教会に連なることはなかった。彼がいうように一人の求道者であり続けた。重吉は無教会を提唱した内村鑑三に強い影響を受けている。のちにもふれるが「別のあたらしい太陽がかゞやく日」とは、内村が提唱したキリストの再臨を意味している。

重吉の妻だった吉野登美子（一九〇五―一九九九）に『琴はしずかに　八木重吉の妻として』（彌生書房、一九七六年）という著作がある。この本には重吉との出会い、詩人としての彼のたたかいに寄り添い、二人の子をもうけ、夫を看取り、のちに二人の子どもまでも夫と同じ病で喪わなくてはならなかった道程が描かれている。愛に貫かれた回想だが、同時にもっともよき八木重吉の入門でもある。

亡くなったあと、重吉の存在を再び世に送るために尽力したのが登美子だった。登美子の姓が吉野であるのは、独りになった彼女が、やはり伴侶に先立たれた歌人の吉野秀雄（一九〇二―一九六七）の妻となったからである。吉野秀雄も重吉の詩を後世に伝えることに力を注いだ。

登美子の本に重吉の信仰をめぐる注目すべき言葉がある。登美子は生前、重吉から洗礼を受けていた事実を聞いたことがなかった、というのである。登美子もキリスト者で、彼女は重吉の詩と信仰の深い理解者だった。真摯に道を求める姿をつぶさに見ていると受洗の有無は気にならなかったのだろう。この事実は道を求める重吉が苛烈というにふさわしい態度であったことも同時に物語っている。

重吉を深く理解する者は簡単には現れなかった。登美子を別にすれば、親しくした人、詩人はいても重吉が、魂が通じたと実感できた人がいたかは簡単には断言できない。『秋の瞳』の冒頭には次のような言葉が記されている。

私は、友が無くては、耐へられぬのです。しかし、私には、ありません。この貧しい詩を、これを、読んでくださる方の胸へ捧げます。そして、私を、あなたの友にしてください。

（「序」『秋の瞳』）

この言葉は、詩的な表現でもあるのだが、同時に重吉が切願したことでもあった。重吉の死はあまりに早かった。彼は二十九歳で世を去った。それゆえにではなく、詩人であるという宿命から、存命中は友に出会えないかもしれないことをどこかで感じていたようにも思われる。

今日から比べれば、生前の重吉は、無名の詩人だといってよい。しかし、彼が、いわゆる詩壇と交渉がなかったわけではない。『秋の瞳』の登場に動かされた人がいた。そのうちのひとりには、佐藤春夫や草野心平もいた。『読売新聞』は、重吉に詩の寄稿を求め、重吉はこのとき初めて稿料を手にした。没後に刊行された第二詩集『貧しき信徒』に収められた詩の多くは、重吉が詩誌に発表したものである。

この詩集の刊行は没後になったが、詩は重吉によって選ばれている。重吉は妻に清書をゆだね、第一詩集の刊行に骨折りを頼んだ、作家であり親類でもあった加藤武雄に郵送するところまでは、生前に行われている。詩人として活動する道が開けるところで彼は、結核のために逝かねばならなかった。

二つの詩集(『秋の瞳』と『貧しき信徒』)に収められたものは、彼の詩業の一部に過ぎない。本書で「詩稿」に分類されている作品に類するものは優に千編を超える。詩的な言葉というところまで射程を広げるなら、私たちは、本書には収められなかった彼の日記や手紙にも詩と呼ぶほかない言葉をいくつも見出すことができるだろう。その全貌は『八木重吉全集』(筑摩書房)において確認できる。

八木重吉は一八九八年、東京の町田にある農家の息子として生まれた。父は仏教に帰依し、のちに居士号を得ている。母は暇があれば読書にふけるという人物だった。重吉の詩にある大地性、宗教性、そして文学の素地は、こうした環境に淵源する。『貧しき信徒』に収められた「梅」にはそうした重吉の精神の姿がありありと描かれている。

眼がさめたやうに
梅にも梅自身の気持がわかつて来て
そう思つてゐるうちに花が咲いたのだらう
そして
寒い朝霜がでるように
梅自からの気持がそのまま香にもなるのだらう

梅の姿を描写する人はいる。重吉は違う。彼は「梅」になる。さらにいえば梅として語る。自己を語るだけでなく、言葉を持たないものの口になるというのは万葉の時代からの詩人の伝統である。重吉も万葉に憧憬をもっていた。「詩稿 ものおちついた冬のまち」には「万葉にかへってゆくのです／万葉を越えてゆくのです」という二行詩もある。古今和歌集の「仮名序」では人だけでなく、万物が「歌」を歌っていると述べられているが、同質の実感が重吉にもあった。重吉のなかにはこの国の古層につらなる精神性、さらにいえば霊性も確固としたかたちで生きている。

本書の編纂は、重吉の意志が反映された二つの詩集のすべてを収録するのに加え、彼が自らのために編んだ私詩集、あるいは詩稿のなかから編者が強く動かされたものを選んだ。そして彼が愛した英詩人、ジョン・キーツとウィリアム・ブレイクの訳詩を加えた。

ここで「私詩集」と呼ぶものに少し説明が必要かもしれない。重吉は、詩を書き、ある一定のまとまりを感じると肉筆――彼は詩を墨で書くことが多かった――のまま綴じ、それに題名を付した。そうした詩集が幾つも存在するのである。

第一詩集が編まれる前年、一九二三（大正十二）年八月二十四日に編まれた私詩集「丘をよぎる白い路」の冒頭には「キーツに捧ぐ」という献辞が記され、次のような言葉が続く。

私は、詩に於ける、友が無い。なんとも云へず、さびしい。ただ、キーツこそ、友である。私には、百年の時《タイム》は、感じられない。彼れは、一日として、私に語るのを、止めたことはない。

重吉のキーツへの愛は、ここに記されているとおりの強靱さを持つものだった。彼は同時代に見出せない友を歴史にもとめた。キーツもそうした人物だった。彼はある詩(「多くの詩人が……」『キーツ詩集』中村健二訳、岩波文庫)で、自分が詩を書こうとするとき、これまで時代を彩り、今は死者となった詩人たちが「群がって」くる、と書いている。キーツはイギリス・ロマン派を代表する詩人である。イギリス・ロマン派の潮流はブレイクを始原とする。重吉もまた、ロマン派のひとりである。そう呼ぶことで彼を文学史上で区分したいのではない。この詩人の特性をこの国を超えた詩の流れのなかで確かめたいのである。

ロマン派であるとは、ドイツ・ロマン派のノヴァーリスの表現を借りれば、より高次なもの、未知なるもの、神秘なるもの、無限なるものを求めるだけでなく、それをこの世をとつなぎ直そうとすることだといえる。それは重吉の悲願でもあった。キーツの「レーノゥルドに答へて」と題する詩を重吉はこう訳している。

碧よ、森の緑のやさしい従姉よ、
あらゆる美しい花の中に緑と夫婦《めおと》となる、
忘勿草――桔梗――そして、秘密の女王のすゝいゝれの中に――。
お前は、ただの幻影としてさへ
何といふ不思議な能《ちから》をもってゐるのだらう！
だが、お前がひとたび
ひとつの『眸《まなざし》』の中に運命といっしよに吹息《いき》づくとき、
ああ、何といふ偉《おほ》いなお前の能《ちから》であらう！

先に引いた「太陽」との深い共振を感じる。キーツは現象だけをみない。彼も重吉もその根源を見つめる。現象を有らしめる不可視なちからを描くこと、それが彼らにとっての詩人のつとめだった。「能」を「ちから」と読むところには内村鑑三の影響を見ることもできる。

重吉の生涯に関しては、先に挙げた『全集』の編纂にたずさわった田中清光の評伝をはじめとする仕事に深く学ぶことができる。田中は重吉が北村透谷を愛読していたことを見過ごさない。透谷の「内部生命論」には次のような一節がある。

詩人哲学者の高上なる事業は、実に此の内部の生命を語《セイ》るより外に、出づること能はざるなり。内部の生命は千古一様にして、神の外は之を動かすこと能はざるなり、詩人哲学者の為すところ豈《あ》に神の業を奪ふものならんや、彼等は内部の生命を観察する者にあらずして何ぞや

透谷のいう「内部の生命」は、神のほかそれを動かすことができない。それは鈴木大拙がいう「霊性」あるいは「霊」にほかならない。透谷にとって詩人と哲学者が分かちがたく結びついているのも注目してよい。

重吉はその典型だった。彼が哲学書を耽読したのではない。彼の詩が哲学を内包しているのである。「詩人哲学者」に託されているのは不変にして普遍なる「内部の生命を

観察する」ことにほかならなかった。ここでの「観察」は、現代人が考えるような客観的に眺めることではない。仏教でいう観察《かんざつ》つまり、不可視な本質を見極めようとすることである。

第一詩集『秋の瞳』の刊行は一九二五（大正十四）年だが、その編纂は前年の秋に行われたと『全集』に付された田中清光編の年譜には記されている。同じ年一九二四（大正十三）年四月七日に編まれた「幼き怒り」と題する詩稿には次のような詩が収められている。

ほんとうに　次の世があるのなら
あらゆるものを　捨てませう
ほんとうに　この世きりであるのなら、
ああ、どうしよう、
わたしは　生きがひがわからない、

彼にとって詩を書くことが「生きがひ」ではないはずがなかった。彼は詩を書かないときも、漢詩を吟じていたと先の登美子の本には記されている。

「次の世」と重吉がいうのは漠然としたあの世ではない。それは神の国である。重吉は十七歳のときキリスト教に出会い、二十一歳で富永徳磨から洗礼を受けた。先にもふれたように洗礼は教会で受けたが、彼はほどなく無教会を提唱した内村鑑三に強く惹かれていく。

このとき内村は、キリストの再臨を説く運動の渦中にいた。キリストが再臨するとき、この世はまったく新しい秩序によって整えられる。内村はそれをいつか来ることとしてよりも、いつでも、今日にでもそれが現実になり得るという切迫感をもって語った。

内村にとって再臨は、時間的な未来の出来事であるというよりも人間には予測できない永遠の介入として受けとめられていた。再臨を語ることで内村は、明日にでも世が終わることを説くのではなく、彼の書名にある表現を借りれば、「一日一生」のごとく生きる態度を促したのである。「詩稿」のうちの「信仰詩篇」には「キリスト」と題する作品がある。

キリストが十字架にかかって死んで

甦って天に昇ったので
私も救われるのだと聖書に書いてある
キリストが代って苦るしんだので
私は信じさへすればいいと書いてある
私はキリストがすきだ
いちばん好きだ
キリストの云った事は本当だとおもふ
キリストには何もかも分ってゐたとおもふ
キリストは神の子だったにちがいない
キリストは天に昇ってからも
絶えず此の世に働きかけてゐるとおもふ
ポーロの言葉　使徒の言葉
すぐれたる信使の言葉
それ等は
キリストが云わせたのだと信ずる

そう云ふことの出来ぬほど
キリストが無能な者だとはおもわれぬ
再びキリストが来る
キリスト自身がそう云ってゐる
キリストが嘘を云ふ筈がない
そのとき
私自らは完全に悪るい人間だけれど
ただキリストを信じてゐる故にのみ
天国に入れてもらへると信ずる

「再びキリストが来る／キリスト自身がそう云ってゐる／キリストが嘘を云ふ筈がない」という認識は彼の生涯を貫いた。重吉の職業は英語の教師だった。病のために学校を去らなくてはならないときも彼が最後に語ったのはキリストの再臨だった、と田中清光は書いていている。

『秋の瞳』と『貧しき信徒』に収められた多くの詩は、いわゆる短行詩である。この二冊だけを読んでいると短行詩が重吉の形式であるかのように見えるが、現実は違う。たしかに田中も指摘しているように、重吉は詩集に収めるとき自分の言葉を削る。意味が凝縮されることに力を注いだ。彼は長く書かなかったのではない。日記では、むしろ、容易に終わらない告白は詩の姿をして記されている。たとえば、「詩稿」の「晩秋」に収められた「私の詩」と題する作品では、「私の詩をよんでくださる方へささぐ」という副題のような言葉が添えられ、次のような言葉が続く。

裸になってとびだし
基督のあしもとにひざまづきたい
しかしわたしには妻と子があります
すてることができるだけ捨てます
けれど妻と子をすてることはできない
妻と子をすてぬゆえならば
永劫の罪もくゆるところではない
ここに私の詩があります

これが私の贖《いけにえ》である
これらは必ずひとつひとつ十字架を背負ふてゐる
これらはわたしの血をあびてゐる
手をふれることもできぬほど淡々しくみえても
かならずあなたの肺腑へくひさがって涙をながす

おのれの弱さと至らなさをそのまま告白する言葉が、強靱ないのちの証しになっているだけでなく、それは神への供物にさえなるというのである。「砕けたる心」(『キリスト信徒のなぐさめ』、岩波文庫)をこそ神にささげよ、そう強く促したのも内村鑑三だった。

重吉をめぐってはさまざまな人が言葉を残しているが、なかでも印象的なのは彫刻家の舟越保武である。舟越もまた、先に引いた「私の詩」に強く打たれた者だった。「ひとりごと　八木重吉の詩に」と題する一文で舟越は次のような言葉を残している。

「何を如何に語ろうかと思い迷うな。語るのは、そなたではなく、御父の霊である」

キリストのこの言葉が、八木重吉の詩を読むとき、いつも私の奥の方に聞こえている。

この人の、澄んだひろがりのある詩の行間の白さの中に、それを感じる。

この人の詩について、誰かが、「ひとりごとのように」と言ってあるのを読んだ記憶がある。ひとりごとと見られることに、このキリストの言葉と何かしらのつながりがあるのではないだろうか。

文字に書くときの意識の中には現れて来ないような、もっと深いところに純度の高いものがあって、ひとりごとの中には、それがしばしば呟かれているような気がする。

（『舟越保武全随筆集　巨岩と花びらほか』、求龍堂）

「文字に書くときの意識の中には現れて来ないような、もっと深いところに純度の高いもの」に重吉の秘密を指摘するのは卓見である。ここに芸術の秘義が宿る。作り手の創作する意志をはるかに超えたはたらきが仕事を牽引する。それは舟越自身の実感でもあっただろうが、確かに重吉の詩を深部で支えているものである。

「ひとりごと」がそのまま神の言葉への架け橋になるというのも舟越にも経験された

ことだった。彼はそれを言葉ではなく「かたち」で表現した。そこに顕現する表現される心情は、彼の個人のものであるだけでなく、未知なる他者に開かれた人間のそれである。詩人とは何かをめぐって重吉はこんな作品も残している(「詩稿　幼き怒り」)。

詩人とは
かなしみのひと
詩《うた》こそは
かなしきよろこび

ここでの「かなしみ」を重吉個人の悲しみに限定してはならないのだろう。そうであれば詩を極限まで磨く必要などなかった。ここでいう「かなしみ」は、人間である宿命の異名である。それは悲しみ、哀しみであるだけでなく、愛しみ、美しみでもあるのだろう。「かなしみ」と題する『秋の瞳』に収められた詩にはこう記されている。

このかなしみを
ひとつに　統《す》ぶる　力《ちから》はないか

重吉は、「わたし」の悲しみだけでなく、さまざまな「かなしみ」を生きた。そうでなければ彼が「ひとつに　統《す》ぶる　力《ちから》」を希求する必要もないのである。

読者は本書に収められた作品を通じて「わたしの八木重吉」に出会うのがよい。強く響く詩に導かれ、彼の「友」となれば、彼の作品やその生涯について詳しくなる必要はないともいえる。詩、あるいは詩人とのつながりに重要なのは知識ではなく、詩情の導きによって出会ったという手応えだからだ。

そうしたことを前提にしても多くの人が彼の代表作であると感じ、詩碑にも刻まれている作品もある。『貧しき信徒』に収められた「素朴な琴」である。

この明るさのなかへ
ひとつの素朴な琴をおけば
秋の美くしさに耐へかね

琴はしづかに鳴りいだすだらう

この作品は「詩稿」では次のようになっている。

このあかるさのなかへ
ひとつの素朴な琴をおけば
秋の美しさに耐えかねて
琴はしづかに鳴りいだすだらう

（「素朴な琴」初稿、大正十四年十一月二十二日編「晩秋」）

この一作の道程を見つめるだけでも、詩人における言葉の練磨の現場をかいま見るおもいがする。「あかるさ」は「明るさ」になり、「耐えかねて」は「耐へかね」になっている。詩は書くだけでは終わらない。それを練り、磨く。ここに詩人はわが身を賭すのである。

八木重吉略年譜

明治三十一(一八九八)年

2月9日 東京府南多摩郡堺村相原大戸四四七三(現・東京都町田市相原町大戸)の農家の次男として生まれる。父藤三郎、母ツタ。

明治三十七(一九〇四)年　6歳

大戸尋常小学校に入学。

明治四十三(一九一〇)年　12歳

神奈川県津久井郡川尻村尋常小学校高等科へ進む。加藤武雄の教えを受ける。

明治四十五・大正元(一九一二)年　14歳

鎌倉の神奈川県師範学校予科一年に入学。寮生活を送る。

大正四(一九一五)年　17歳

日本メソジスト鎌倉教会の日曜日ごとのバイブルクラスに出席。師範内の詩の会に加わる。

大正六（一九一七）年　19歳
東京高等師範学校文科英語科予科入学。
大正七（一九一八）年　20歳
小石川区指谷町のバイブルクラスに出席した。
大正八（一九一九）年　21歳
3月2日　本郷東片町駒込基督会において、富永徳磨牧師より洗礼を受ける。5月　駒込基督会の礼拝に最後の出席。富永から離れていく。内村鑑三の著作や講演に接して、無教会信仰に近づいていった。12月　スペイン風邪に罹り重症化、入院。
大正九（一九二〇）年　22歳
二か月余の入院の後、自宅で療養する。油絵製作に親しむ。
大正十（一九二一）年　23歳
3月　女子聖学院三年級編入試験の準備をしていた島田とみの勉強をみる。とみは試験に合格する。東京高等師範学校卒業。兵庫県御影師範学校の英語科教諭兼訓導として赴任。武庫郡住吉村山田の柴谷米助方に下宿する。7月　陸軍の姫路市の歩兵第三十九聯隊の一員として、六週間入営する。9月　島田とみに手紙で愛を告白する。
大正十一（一九二二）年　24歳
1月　横浜市の本牧神社でとみとの婚約式を行う。結婚は二年後のとみの女学校卒業後とされた。5月 とみが肋膜炎に罹る。急ぎ上京、見舞う。とみを四年で中途退学させる。7月19日 御影町石屋川の新しい借家で、とみと結婚する。結婚後、詩作を本格的に始める。

大正十二(一九二三)年　25歳

5月26日 長女桃子生まれる。ジョン・キーツの詩を翻訳する。

大正十三(一九二四)年　26歳

秋、第一詩集『秋の瞳』の編集を終える。加藤武雄に送り、出版を依頼する。12月29日 長男陽二生まれる。

大正十四(一九二五)年　27歳

3月 千葉県立東葛飾中学校へ転任。8月1日 詩集『秋の瞳』(売捌所、新潮社)。佐藤惣之助主宰の「詩之家」同人となる。草野心平、黄瀛《こうえい》らと交友が始まる。

大正十五・昭和元(一九二六)年　28歳

3月 結核の診断を受ける。東葛飾中学校での最後の授業で、「キリストの再来を信ず」と言って、教壇を降りる。5月 神奈川県茅ヶ崎町の南湖院に入院。やがて茅ヶ崎町十間坂(現・茅ヶ崎市)に家を借り、自宅療養に入る。冬に入ってから、第二詩集『貧しき信徒』を病床で自選する。

昭和二（一九二七）年　29歳

10月26日　昇天。とみ夫人は二人の児を抱え、洋裁の内職ののち、白木屋、日本製綿工業組合聯合会に勤めながら、重吉の詩稿、資料類を守り続ける。

昭和三（一九二八）年

2月　第二詩集『貧しき信徒』（野菊社）が刊行される。

昭和十二（一九三七）年

12月　桃子、14歳で父と同病で死去。

昭和十五（一九四〇）年

7月　陽二、15歳で父、姉と同病で死去。

昭和十七（一九四二）年

7月『八木重吉詩集』（山雅房、加藤武雄・草野心平・佐藤惣之助・三ツ村繁蔵・山本和夫・八木とみ子編）が刊行される。

昭和二十二（一九四七）年

10月　とみ、歌人・吉野秀雄と再婚する。

昭和二十三（一九四八）年

3月『八木重吉詩集』（創元社、草野心平編）が刊行される。

昭和五十七(一九八二)年

9―12月『八木重吉全集』(筑摩書房、全三巻、草野心平・田中清光・吉野登美子編)が刊行される。

昭和五十九(一九八四)年

10月26日　生家跡に八木重吉記念館が開館。この日に、毎年、「茶の花忌」の催しが開かれる。

＊作成に当たり、「年譜」(田中清光、『八木重吉文学アルバム』、筑摩書房、一九八四年二月)、「八木重吉年譜」(『八木重吉全詩集2』、ちくま文庫、一九八八年八月)などを参照した。

(岩波文庫編集部)

〔編集附記〕

一　本書は、『八木重吉全集』第一巻、第二巻（筑摩書房、全三巻＋別巻、増補改訂版第一刷、二〇〇〇年六月、七月刊行）を底本とした。本文は、「秋の瞳」「貧しき信徒」「詩稿」「訳詩」から成る。「詩稿」は、著者自編の詩群である。自編の年代順に配列した。

一　仮名遣いは、歴史的仮名遣いと現代仮名遣いが、混在している。著者独自の表記を尊重して、底本の通りとし、統一はしなかった。

一　漢字は、原則として新字体とした。

一　底本に付された振り仮名を適宜残した。新たに振り仮名を付すことはしなかった。

一　本文中に、今日からすると不適切な表現があるが、原文の歴史性を考慮してそのままとした。

（岩波文庫編集部）

八《や》木《ぎ》重《じゅう》吉《きち》詩《し》集《しゅう》

2025年2月14日　第1刷発行

編　者　若《わか》松《まつ》英《えい》輔《すけ》

発行者　坂本政謙

発行所　株式会社 岩波書店
〒101-8002 東京都千代田区一ツ橋 2-5-5
案内 03-5210-4000　営業部 03-5210-4111
文庫編集部 03-5210-4051
https://www.iwanami.co.jp/

印刷・三陽社　カバー・精興社　製本・中永製本

ISBN 978-4-00-312361-4　　Printed in Japan

読書子に寄す

――岩波文庫発刊に際して――

岩波茂雄

真理は万人によって求められることを自ら欲し、芸術は万人によって愛されることを自ら望む。かつては民を愚昧ならしめるために学芸が最も狭き堂宇に閉鎖されたことがあった。今や知識と美とを特権階級の独占より奪い返すことはつねに進取的なる民衆の切実なる要求である。岩波文庫はこの要求に応じそれに励まされて生まれた。それは生命ある不朽の書を少数者の書斎と研究室とより解放して街頭にくまなく立たしめ民衆に伍せしめるであろう。近時大量生産予約出版の流行を見る。その広告宣伝の狂態はしばらくおくも、後代にのこすと誇称する全集がその編集に万全の用意をなしたるか。千古の典籍の翻訳企図に敬虔の態度を欠かざりしか。さらに分売を許さず読者を繋縛して数十冊を強うるがごとき、はたしてその揚言する学芸解放のゆえんなりや。吾人は天下の名士の声に和してこれを推挙するに躊躇するものである。このときにあたって、岩波書店は自己の責務のいよいよ重大なるを思い、従来の方針の徹底を期するため、すでに十数年以前より志して来た計画を慎重審議この際断然実行することにした。吾人は範をかのレクラム文庫にとり、古今東西にわたって文芸・哲学・社会科学・自然科学等種類のいかんを問わず、いやしくも万人の必読すべき真に古典的価値ある書をきわめて簡易なる形式において逐次刊行し、あらゆる人間に須要なる生活向上の資料、生活批判の原理を提供せんと欲する。この文庫は予約出版の方法を排したるがゆえに、読者は自己の欲する時に自己の欲する書物を各個に自由に選択することができる。携帯に便にして価格の低きを最主とするがゆえに、外観を顧みざるも内容に至っては厳選最も力を尽くし、従来の岩波出版物の特色をますます発揮せしめようとする。この計画たるや世間の一時の投機的なるものと異なり、永遠の事業として吾人は微力を傾倒し、あらゆる犠牲を忍んで今後永久に継続発展せしめ、もって文庫の使命を遺憾なく果たさしめることを期する。芸術を愛し知識を求むる士の自ら進んでこの挙に参加し、希望と忠言とを寄せられることは吾人の熱望するところである。その性質上経済的には最も困難多きこの事業にあえて当たらんとする吾人の志を諒として、その達成のため世の読書子とのうるわしき共同を期待する。

昭和二年七月